서문문고
124

무서운 아이들

장 콕 토 지음
오 현 우 옮김

Les Enfants Terribles

par

Jean Cocteau

해   설

吳 鉉 偶

장 콕토(Jean Cocteau)는 1889년 파리 가까이에 있는 메종 라피드에서 출생하였다. 한때는 중병으로 생명이 위독하였으나 그후 기적적으로 건강을 회복하고, 1955년에는 아카데미 프랑세즈(프랑스 한림원) 회원으로 선출되어 불후의 명사가 되었다.

그는 소설·시·평론·연극·영화 등 예술계의 거의 모든 방면에서 왕성한 활약을 보였다. 그러나 그의 본령은 어디까지나 시(詩)이며, 항상 끊임없이 새로운 것을 추구한 젊은 넋을 가진 시인이었다. 그는 자기의 시를 여러 가지 양식으로 표현하려고 했으므로 그가 손대지 않은 예술 양식이란 거의 없다 해도 과언이 아니다.

소설·평론·연극·영화, 그리고 데상도 그에게는 시의 표현 수단에 지나지 않았다. 그러므로 콕토는 자신의 모든 작품을 소설시·평론시·연극시·영화시·데상시라고 하였다.

시인 콕토는 특히 소년기의 동심을 귀중히 여기지만, 이것은 천진난만한 어린이들의 깨끗한 생활이나 그 정신을 사랑하기 때문이 아니고 소년기에는 증오와 질투의 비통한 고뇌가 있으며, 어른들의 세계와는 또 다른 비극성이 숨겨져 있기 때문이다. 다만 어린아이들은 명확한 의식없이 사랑과 증오의 비극을 되풀이하며, 꿈과 현실을 혼돈하고, 독특한 방법으로 시의 세계를 이룩한다는 것이다. 콕토가 아편 중독을 치료하기 위하여 17일 동안에 썼다는 ≪무서운 아이들(Les Enfants Terribles)≫(1926)은 그러한 어린아이들의 시의 세계를 그린 것이다.

이 소설시는 콩도르세 중학교의 운동장에서 벌어진 눈싸움하는 장면에서 시작된다. 학생들의 영웅은 다르즐로라고 불리는 미소년이며, 콕토의 말을 빌린다면 그는 학교의 수탉이며 그에게 도전하는 아이들에게나 편을 드는 아이들에게나 똑같이 호의적이었다. 핼쑥하고 쓸쓸한 얼굴을 한 소년 폴도 은근히 다르즐로에게 애정을 느끼고 있었다. 그런데 다르즐로가 던진 단단한 한 알의 눈덩어리가 폴의 가슴에 맞아 폴은 흰눈을 붉게 물들이며 땅에 쓰러졌다.

폴을 사랑하고 폴을 돌보아 주는 것에서 사는 보람을 느끼고 있는 소년 제라르는 그를 집에까지 데려다 준다. 폴의 집에는 누이 엘리자베스가 있었다. 이 두 남매가 살고 있는 방 안에는 어른들은 도저히 이해할 수 없는 소년 소녀의 세계가 있었다. 그들은 어른들이 보면 한 푼의 가치도 없어 보이는 물건들을 보물같이 여기고, 방 안을 그런 잡다한 보물로 장식하였다. 제라르도 이런 세계에서 그들과 같이 생활하게 된다. 그들은 서로 욕지거리를 하면서도 서로 사랑한다. 거의 외출도 하지 않고, 다른 아이들과는 사귀지도 않으며, 단지 셋

이서만 살고 있었다.

이 세 아이의 생활 속에 부자인 미국계의 유태인 미카엘과 마네킹 걸 아가트가 뛰어든다. 미카엘은 엘리자베스와 결혼하게 되지만, 그만 자동차 사고로 죽는다. 그리하여 막대한 유산과 큰 집을 엘리자베스에게 남겨 주게 된다.

그러나 그들은 재산에는 별로 관심도 없이, 다시금 그들의 방 안을 제멋대로 어질러 놓고 산다. 폴과 아가트는 마음속으로 은근히 서로 사랑하고는 있지만 엘리자베스의 계략에 빠져 이루어지지 못하고, 아가트는 제라르와 결혼하게 된다. 엘리자베스는 다시금 동생과 단 둘이서 살게 된 것을 기뻐한다. 그러나 잔악한 천사를 상징하는 다르즐로가 독약을 폴에게 선물로 보내 준다. 폴이 중학시절부터 보물로서 독약을 가지고 싶어하였기 때문이다. 엘리자베스도 이 독약이 마음에 들었다. 그

러나 죽음의 사자 다르즐로는 희생의 비극을 요구한 것
이다. 폴도 엘리자베스도 결국 자살하고 만다. 그 자살
의 원인을 어른들은 전혀 알 수가 없다. 그러나 그 아
이들은 자기들로서의 극히 순수하고도 시적인 생을 마
친 것이다.

이 ≪무서운 아이들≫ 속에 나타난 그러한 비극은 물
론 현실 세계에서는 있을 수 없는 일이다. 그러나 소년
과 시인은 이 소설에 나오는 어린아이들의 몽상이나 원
망과 흡사한 것을 순간적이거나 또는 어떠한 시기에 느
낄 것임에 틀림이 없다.

콕토는, 이 소설을 발표한 후 수많은 젊은 독자들에
게서 이 소설의 주인공들과 똑같은 생활을 하고 있다는
편지를 받고서 깜짝 놀랐다고 한다. 반드시 비극으로
끝나지는 않는다 하더라도 아마 소년기에는 수많은 사
람들이 이 소설과 비슷한 체험을 할 것이다.

차 례

제 1 부

1

　시테 몽티에는 암스테르담 거리와 클리시 거리 사이
에 끼어 있었다. 클리시 거리에서 가려면 철망을 빠져
나가게 되고, 암스테르담 거리에서는 항상 걱정되는 정
문과 건물 사이에 난 홍예문(虹蜺門)을 지나게 된다.
　이 건물의 안마당이 시테를 이루고 있었다. 제대로
들어앉은 이 길쭉한 안마당에 즐비한 집들의 높직하고
밋밋한 울타리 그늘에는 독특한 모양의 작은 집들이 여
러 채 가려져 있다. 이 작은 집들은 사진관 비슷한 커
튼이 드리워져 있는 유리 지붕을 떠받치고 있는 점으로
보아 아마도 화가들이 살고 있음에 틀림없다. 집 안에
는 무기(武器), 금단청(錦丹靑), 바구니 안에 든 고양
이들을 그려 놓은 화폭, 그리고 볼리비아의 고관 가족
의 초상화 등이 빽빽하게 차 있는 것 같다. 그리고 그
집의 주인들은 무명(無名)임에도 불구하고 그림 주문이
니 정부의 표창이니 하는 몽상에 억눌리면서, 그 뒤숭

숭한 마음자리를 시테의 시골 같은 고요 속에 묻고 지내는 모양이다.

그러나 하루 두 차례, 즉 아침 10시 30분과 오후 4시에는 이 고요함을 뒤흔드는 난장판이 벌어진다. 그것은 자그마한 콩도르세 고급 중학교가 이 시각이면 암스테르담 거리 72의 2호 맞은편의 교문을 활짝 열고 학생들은 벌써부터 이 시테를 총사령부로 골라잡아 놓았기 때문이다.

이곳은 그들의 그레브 광장(파리 시청이 있는 광장. 이곳에서 여러 가지 제전이 거행되었고 또 죄인을 처형하였다)이다. 일종의 중세기적 광장으로 연애·놀이·종교극 등이 벌어지는 안마당이며, 우표와 구슬을 거래하는 장터이고, 재판관이 죄인에게 판결을 내리며 사형에 처하는 무시무시한 장소이기도 하다. 누구를 곯려주려는 심술궂은 장난도 여기서 오랫동안 모사를 꾸민 연후에야 교실에서 터지는 것이지만, 빈틈없는 그 솜씨에는 선생님들도 어처구니가 없어지게 마련이다.

중학교 2학년 녀석들이란 무서운 개고기들이다. 이 패들이 내년에는 3학년이 되어 고마르텡 거리에 있는 3학년 교사에 다니게 될 것이고, 암스테르담 거리를 비웃을 것이며, 언제 그랬냐는 듯이 가방을 내동댕이치고 네 권의 책을 가죽 띠와 네모난 천으로 졸라맬 것이다.

그러나 2학년 무렵에는 눈을 떠가는 힘이 아직도 소년기의 혼돈한 본능에 사로잡혀 있다. 동물적이며 식물적인 그러한 본능이 어떠한 행동으로 나타나는지는 포착하기 어려운 일이다.

왜냐하면 우리들의 기억은 그런 본능도 괴로움에 대한 추억처럼 간직하고 있지 않으며, 또 애들이란 어른이 다가가면 입을 다물어버리기 때문이다. 그들은 입을 꼬옥 다물고 딴전을 피운다. 이 훌륭한 희극배우들은 느닷없이 짐승처럼 털끝을 곤두세울 줄도 알 뿐 아니라 초목처럼 겸손한 채 얌전을 빼는 재간도 있다.

그리고는 자기네들이 받드는 남모르는 믿음을 결코 발설하는 적이 없다. 그들의 믿음에는 가지가지의 계교·희생·즉결 재판·공포·형벌, 산 사람의 제물(祭物) 등이 필요하다는 것도 우리는 좀처럼 알지 못한다. 자세한 내용은 숨겨져 있을 따름이며, 게다가 이 신자들은 자기네들만의 은어를 쓰기 때문에 어쩌다가 그들의 이야기를 엿듣는다 하더라도 알아들을 수 없을 것이다.

거래는 어떤 것이라도 마노(瑪瑙) 구슬이나 우표로 치러진다. 공물(貢物)은 왕초들의 호주머니 속으로 들어가며, 비밀 회의는 아우성 소리로 가려지고 만다.

그러므로 장식품 사이에 파묻혀 있는 그 화가들 중의 누가 혹시 사진관처럼 생긴 커튼이 달린 천장막이를 다루는 줄을 끌어 젖힌다 하더라도, 이 어린애들은 그가 바라는 그림의 소재, 말하자면 〈눈싸움하는 굴뚝 청소부〉, 〈숨바꼭질〉 또는 〈귀여운 왈패들〉 같은 제목의 그림의 소재는 하나도 마련해 주지 않을 것이다.

그날 저녁은 눈이 내렸다. 간밤부터 내린 눈은 몰라보게 다른 세상을 만들어 놓았다. 시테는 아득한 옛날로 되돌아간 듯―눈은 따스한 양지 쪽에서는 이미 녹아버려 다른 곳엔 덮여 있지 않고 이곳에만 쌓임―싶었다.

학교에 간 학생들은 벌써부터 눈을 손으로 주물럭거리고 부수고, 발로 내리밟고 미끄럼을 타곤 하여 진흙 바닥을 드러내 놓았다. 더러워진 눈은 개울을 따라 자취를 남기고 있었다. 이런 눈은 그 작은 집들의 층계, 현관 처마, 그리고 현관에까지 묻어버렸다. 창문의 틈새나 처마에는 가벼운 물건을 켜켜이 실은 듯, 그러나 선이 투박해지기는커녕 오히려 거리에 무언지 모를 정서와 예감을 낳게 하였다.

그리고 이 눈이 야광시계처럼 부드럽게 빛을 발산하기 때문에 석조 건물은 온통 아름다운 정령(精靈)이 뚫고 스쳐간 듯 돋보였다. 시테를 아담하게 하는 벨벳 천인 양 정령은 시테를 장식하고 현혹케 하여 환상의 살롱으로 착각케 하였다.

그러나 광장 광경은 그렇게 아늑하지 않았다. 텅 빈 전쟁터 같은 땅바닥에 가스등이 엷게 비치고 있었다. 마구 짓밟힌 땅은 살얼음이 얼어붙은 채 울퉁불퉁한 포석을 드러내 보였다. 수챗구멍 앞은 등성이진 더러운 눈더미가 쌓이기엔 안성맞춤이었고, 모진 하늬바람이 이따금씩 가스등 불빛을 여리게 하는데, 어두운 구석구석에는 벌써부터 죽음의 정적이 깃들어 있었다.

여기서 바라보면 먼곳의 경치도 달라진다. 그 작은 집들은 이미 야릇한 극장 특별석이 아니었고, 정녕 적군의 통과를 막기 위해 일부러 불을 꺼버린 주택가처럼 돼 버렸다.

이것은 어릿광대들, 약장수, 망나니, 장사치들에게 개방되어 있는 광장인 듯한 시테의 모습은 이미 아니기 때문이었다. 눈은 시테에 특별한 의의를 부여하였다. 그것은 전쟁터로서 결정적으로 사용된다는 의의였다.

4시 15분부터 전투놀이가 벌어져 현관을 넘나들기에도 위태로울 정도였다. 현관 밑엔 보충병들로 꽉차 있었다. 새 전투원이 한 사람씩 두 사람씩 도착할 때마다 보충병의 수효는 점점 불어났다.

"다르즐로 만났니?"

"응, ……아냐, 몰라."

대답을 한 것은 짝패와 함께 최초의 부상자를 부축하여 시테에서 현관까지 데려온 학생이었다. 부상자는 손수건으로 무릎을 처매고 전우들의 어깨에 매달려 껑충껑충 한 발로 뛰고 있었다.

질문한 소년은 파리한 얼굴에 서글픈 눈매를 하고 있었다. 아무래도 이상한 눈매였다. 절름거리는 데다 종아리까지 내려덮인 망토는 무슨 혹처럼 생긴 불룩 튀어나온 것, 무언지 아주 유별나게 보기 흉한 것을 가리고 있는 것 같았다. 소년은 별안간 망토 자락을 뒤로 젖히더니 학생들 가방이 쌓여 있는 한쪽 구석으로 다가갔다. 그러고 보니 절름거리던 걸음걸이, 병적인 그 허리 모습은 묵직한 가죽 책가방을 맸기 때문에 그렇게 보인 것이었다. 책가방을 내던져버리자 소년은 병신처럼 보이지는 않았지만 눈매는 여전히 서글퍼 보였다.

소년은 눈싸움이 벌어진 쪽으로 뛰어갔다.

오른쪽의 홍예문을 긴 포도(鋪道)에서는 한 포로가 심문을 받고 있었다. 가스등이 그 광경을 단속적(斷續的)으로 비추었다. 포로(아이)는 학생 네 사람에게 붙

들려 상반신이 벽에 짓눌려 있었다. 포로의 무릎 사이에 걸터앉은 몸집이 큰 한 학생은 포로의 귀를 당기면서, 반항하는데도 억지로 흉측하게 찡그린 제 얼굴 표정을 바라보게 하였다. 형상이 줄곧 바뀌어 가는 이 괴물 같은 얼굴의 침묵은 포로의 겁을 잔뜩 돋우었다. 그는 훌쩍거리면서 눈을 꼭 감고 고개를 숙이려고 애썼다. 그럴 때마다 얼굴을 찡그리는 학생은 거무죽죽한 눈덩이를 움켜쥐고선 포로의 귀에다 이겨대곤 하였다.

파리한 얼굴의 학생은 그 무리를 빙 돌아 눈뭉치가 나는 사이를 뚫고 지나갔다. 소년은 다르즐로를 찾고 있었다. 그는 다르즐로를 좋아했다.

이러한 애정이 어떤 것인지 알기도 전에 깃든 것이어서 그만큼 더 소년의 마음을 헷갈리게 하였다. 그것은 막연하면서도 강렬한, 고칠 길이 없는 괴로움이었고, 성(性)도 목적도 따르지 않는 순결한 욕망이었다.

다르즐로는 학교에서 왕초였다. 그런데도 막상 다르즐로의 곱슬머리, 상처 입은 무르팍, 흉측한 장난감이 호주머니마다 그득한 그의 웃옷과 마주칠 때마다 파리한 이 소년은 어쩔 줄을 몰랐다.

눈싸움은 소년에게 용기를 북돋았다. 소년은 달음질쳐 가서 다르즐로와 한편이 되어 싸우고 막아 주며 힘껏 할 수 있는 일을 모두 다르즐로에게 보여주리라 마음먹었다.

눈뭉치가 날아 망토 위에서 바스러지고 벽에다 별 모양을 그려 놓았다. 여기저기 어둠 사이에서 입을 벌린 발그레한 얼굴이 또렷이 드러나고, 정통으로 상대방을 겨냥하는 손이 휘둘러졌다.

누구인지 파리한 얼굴의 그 소년을 겨냥하였고, 소년은 눈에 맞아 휘청거렸다. 그래도 다시 소리쳐 부르려 한다. 지금 막 돌층계 위에 서서, 자기의 우상인 다르즐로의 패거리들 중에서 한 학생을 찾아낸 셈이다. 소년을 운명 지은 것은 바로 이 아이이다.

"다르즈……"

하고 입을 열었을 때 벌써 눈뭉치는 소년의 입에 부딪쳐 입안으로 들어가고 이빨은 온통 마비되어 버렸다. 웃음소리. 그리고 웃음소리가 들려온 쪽의 참모본부 한 가운데에 우뚝 서서 붉은 뺨, 흐트러진 머리칼에 큼직한 몸집을 놀리고 있는 다르즐로가 눈에 띄었다.

다시 일격이 가슴 한복판을 두들겼다. 비통한 일격, 대리석 주먹의 일격, 동상이 내민 주먹의 일격이다. 소년은 머리가 텅 비어 버렸다. 그는 초자연적인 조명 속에 팔을 내려뜨린 채 멀거니, 무슨 발판 같은 곳에 서 있는 다르즐로를 어렴풋이 눈여겨보았다.

소년은 땅바닥에 쓰러져 있었다. 입에서 흘러나온 피가 턱과 목덜미를 적시며 눈 속에 젖어들었다. 호루라기가 울렸다. 잠깐 사이에 시테는 텅 비었고, 다만 몇몇 구경꾼들이 소년의 주위를 에워싸고선 어떻게든 도와줄 엄두는 내지 않고 땅 위에 번지는 피만 물끄러미 내려다보고 있었다. 어떤 애들은 겁에 질린 듯 손가락을 똑똑 꺾으며 멀어져 갔다. 아랫입술을 삐쭉 내밀며 눈썹을 올리고 고개를 끄덕끄덕하는 것이다. 또 다른 패들은 가방을 놓아 둔 곳으로 미끄럼을 지치며 돌아갔다.

다르즐로 무리는 돌층계 계단 위에 꼼짝 않고 남아 있었다. 드디어 학교의 훈육주임과 수위가 소동을 듣고 나타났다. 알린 학생은 쓰러진 이 소년이 눈싸움판에 들어서며 제라르라고 불렀던 학생이었다.

제라르는 앞장 서서 왔다. 두 어른은 부상자를 일으켰다. 훈육주임은 어두운 구석께로 돌아서며 물었다.

"너지, 다르즐로?"

"네, 선생님."

"따라와."

일동은 걷기 시작했다.

미(美)의 특전은 엄청나다. 미를 인식하지 않는 사람들에게도 작용하는 것이었다.

선생님들은 항상 다르즐로를 귀여워하였다. 영문 모를 이 사건 때문에 훈육주임은 무척 난처했다.

소년은 수위가 사는 집으로 옮겨졌다. 수위의 아내는 마음씨 좋은 여자여서 소년의 젖은 몸을 닦아주며 정신을 차리도록 보살펴주었다.

다르즐로는 문간에 서 있었다. 문 뒤엔 구경꾼들의 얼굴이 빽빽이 들어찼다. 제라르는 눈물을 흘리면서 벗의 손을 쥐고 있었다.

"이야길 해봐, 다르즐로."

하고 훈육주임이 말했다.

"이야기할 게 아무것도 없습니다. 선생님, 눈뭉치를 던지고 있었어요. 저도 애한테 하나 던졌어요. 그게 꽤 단단했나 봅니다. 그걸 가슴 복판에 맞더니 '억!' 하고선 이렇게 나동그라지지 않겠어요. 전 처음엔 다른 걸 맞고 코피를 흘리는 줄 알았지요."

"눈뭉치 하나쯤 맞고 가슴이 꿰뚫릴 순 없지."

그러자,

"선생님, 선생님, 앤 눈뭉치에다 차돌을 넣었어요."

하고 제라르 대신에 다른 한 학생이 말했다.

"정말이냐?"

훈육주임이 다그쳐 물었다. 다르즐로는 어깨를 으쓱하였다.

"대답 않기야?"

"소용없어요. 아참, 눈을 뜨네, 애한테 물어 보세요……."

부상자가 정신을 차렸다. 소년은 친구의 팔목에 머리를 기댔다.

"어떠니?"

"용서해 주세요……."

"네가 용서를 빌 건 없어. 넌 부상을 입었다, 까무러쳤던 거야."

"알고 있습니다."

"그럼 어쩌다가 까무러쳤는지 말해 줄 수 있겠니?"

"가슴에 눈뭉칠 맞았어요."

"눈뭉치쯤 맞았다고 그렇게 다치진 않아!"

"그것밖엔 맞은 게 없는걸요."

"네 친구 말론 그 눈뭉치 속에 차돌이 들어 있었다는데?"

부상자는 다르즐로가 어깨를 으쓱하는 것을 보았다.

"제라르가 돌았나 봐요."

하고 소년이 말했다.

"너 돌았니? 내가 맞은 그 눈뭉친 보통 눈뭉치였어. 달음질치구 있었거든요. 그래서 머리가 돌았었나 봐요."

훈육주임은 숨을 내쉬었다.

다르즐로는 나가려고 하였다. 그러다가 생각을 바꾸었다. 모두 다르즐로가 병자에게로 오는 줄 알았다. 그는 수위 부부가 펜대, 잉크, 과자 등을 파는 매점 앞까지 와서 머뭇거리더니 호주머니에서 동전 몇 푼을 꺼내 카운터 앞에 앉았다. 그는 요즈음 학생들이 빨기 좋아하는 감초(甘草) 다발을 하나 집어들었다. 그러고선 방을 가로질러 가서 군대식 경례처럼 관자놀이에다 손을 갖다대더니 그대로 사라져버렸다.

훈육주임은 부상자를 바래다 주려고 하였다. 부르러 보낸 택시가 그들을 기다리고 있을 때 제라르가 그럴 필요는 없다고 주장했다. 훈육주임이 오시면 가족들이 너무 걱정하게 될 것이니 병자를 집에까지 바래다주는 일은 바로 자기가 맡겠다는 것이었다.

"그리고 보세요."

하고 그는 덧붙였다.

"폴은 다시 기운이 나잖아요."

훈육주임은 자기가 가겠다고 굳이 나서지는 않았다. 눈이 내리고 있었다. 다친 학생은 몽마르트 거리에 산다는 것이었다.

훈육주임은 그들이 차를 타는 데까지만 살펴주기로 하였다. 어린 제라르가 자기 양털 목도리와 망토로 학우를 감싸주는 것을 보고, 이제 그는 자기의 책임은 끝난 것이라고 생각하였다.

2

　자동차는 꽁꽁 얼어붙은 땅 위로 서서히 달렸다. 제라르는 자동차의 한구석에서 좌우로 흔들리는 애처로운 얼굴을 들여다보았다. 그 창백한 빛으로 구석을 환히 비추고 있는 듯한 얼굴을 밑에서 쳐다보고 있었다. 찡그려 감은 두 눈은 잘 보이지 않고 콧구멍이 만드는 그늘과 조그만 핏덩이들이 엉켜 있는 두 입술만을 가려볼 수 있었다. 그가 소곤거렸다.

　“폴…….”

　폴은 알아들었지만 몹시 나른하여 대꾸를 할 수가 없었다. 그는 포개 덮은 망토 밖으로 손을 미끄러뜨려 제라르의 손 위에 얹어 놓았다.

　이런 종류의 위험에 마주쳤을 때, 소년들의 생각은 양극단으로 갈라진다. 생명이 터전을 잡고 있는 깊이와 그 힘찬 근원을 믿어 의심하지는 않지만 어린애들은 대뜸 최악의 것을 상상해 보게 마련이다. 그러나 그 최악의 것은 아무런 현실감이 없는 것 같다. 왜냐하면 어린 애들은 죽음을 똑바로 바라보지 못하기 때문이다.

제라르는 되풀이하여 말해 보았다.

"폴은 죽는다. 폴은 죽어간다."

그러나 그런 일을 믿는 것은 아니었다. 그에게 폴의 죽음이란 무슨 꿈의 자연스러운 계속인 듯싶었다. 눈벌판 위에서 언제까지나 끝이 없을 나그네길 같기도 하였다. 그것은 폴이 다르즐로를 좋아하는 것처럼 제라르도 폴을 좋아했지만, 제라르의 눈에 비친 폴의 매력이란 바로 그의 연약함이기 때문이다. 폴이 다르즐로 같은 애의 불타는 눈초리만을 지켜보고 있기 때문에, 굳세고 올바른 제라르는 폴을 보살펴주고 파수를 보아주고 보호해 주고 다르즐로의 눈초리에 몸을 태우지 않도록 막아줄 셈이었다.

(아까 현관 아래에서 어쩌면 그렇게도 바보같은 짓을 하였던가!)

제라르는 생각하였다. 폴이 다르즐로를 찾고 있을 때였다. 제라르는 폴을 본체만체하여 깜짝 놀라게 해줄 셈이었다. 그래서 폴을 눈싸움터로 몰아세운 것과 똑같은 감정으로 제라르는 폴을 뒤쫓지 않고 돌아서버린 것이었다. 폴이 새빨갛게 피에 젖어 쓰러지는 것을 제라르는 구경꾼들과 같은 자세로 멀리서 바라보기만 했던 것이다. 가까이 가면 다르즐로와 그의 패거리가 선생님께 알리지 못하도록 방해를 할 것이 두려워서 그는 도움을 청하러 서둘러 간 것이었다.

이제 제라르는 여느 때의 리듬을 다시 찾았다. 그는 폴을 지켜주고 있는 것이다. 이것이 그의 역할이었다. 그는 폴을 바래다주고 있는 중이다. 이런 온갖 꿈은 황홀한 경지로 그를 이끌었다. 자동차 안의 침묵, 가로등 불빛, 그리고 그가 맡은 소임, 이런 모든 것이 하나의 매력을 이루는 것이었다. 친구의 연약함은 이제 석화(石化)되었고, 일정한 크기를 잡았으며, 제라르 자신의 힘은 마침내 알맞은 역할을 찾아낸 것 같았다.

불현듯 그는 자기가 다르즐로를 탓했다는 것, 도사린 원한이 그런 말을 내뱉게 하였다는 것, 따라서 올바르지 못한 일을 하나 저지르게 하였다는 것을 생각해 보았다. 수위의 집이 다시 떠올랐다. 거기 깔보는 듯 어깨를 으쓱하는 소년, 폴의 푸른 눈, 나무라는 그 눈초리, 초인간적인 노력으로,

"너 돌았니!"

하며 죄인의 죄를 씻어주는 폴이 있었다. 제라르는 마음을 괴롭히는 이런 일을 떨쳐버렸다. 핑계는 여러 가

지 있었다. 다르즐로의 무쇠 주먹에 잡히면 눈뭉치 하나도 다르즐로의 아홉 날 달린 나이프보다 더 흉측스런 덩어리가 될 수 있는 것이었다. 폴은 그런 것은 다 잊어버릴 것이다. 무엇보다도 중요한 것은 어린애들의 그 현실, 장중하고 영웅적이며 신비로운 그 현실로 되돌아가야 한다는 것이다. 보잘것없는 세목(細目)이 기르고 있는 이런 현실에 대해서 어른들이 무엇인가 캐려 든다는 것은 무참하게 그들의 꿈나라를 어지럽힐 따름이다.

자동차는 창공 아래를 계속하여 달렸다. 별이 엇갈리며 지나갔다. 돌연히 일어나는 바람이 매질하는 젖빛 유리창에는 그런 별빛이 배어들곤 하였다.

별안간 구슬픈 사이렌 소리가 두 번 들렸다. 찢어지는 듯, 인간적인 듯, 비인간적인 듯 그 소리는 울려퍼졌다. 유리창이 파르르 떨리고 소방차의 회오리가 지나갔다. 제라르는 유리창에 낀 성애에 비치는 톱날꼴의 불빛, 울부짖는 연이은 건물의 아랫부분, 붉은 사다리, 풍자화처럼 황금빛 투구를 쓰고 떼지어 서 있는 사람들을 보았다.

붉은 빛의 반사가 폴의 얼굴 위에서 춤추었다. 제라르는 폴이 정신을 차리는가 보다고 생각했다. 마지막

차의 회오리가 지나가자 폴은 다시 핼쑥해졌다. 그때 제라르는 자기가 쥐고 있는 손이 따뜻하다는 것, 그 흐뭇한 따스함이 자기로 하여금 '놀이'를 하도록 해준다는 것을 깨달았다. '놀이'란 무척 정확지 못한 용어이지만, 애들이 잠겨드는 그 반의식 상태를 폴은 이렇게 부르곤 했다. 폴은 이런 일에 쟁이로 알려져 있었다. 그는 공간과 시간을 지배하며, 가지가지 꿈을 끌어내서는 현실에 짜넣었다. 교실에서는 다르즐로도 감탄하여 명령대로 따르는 하나의 세계를 이룩하면서 분간이 되지 않는 어슴푸레한 해질녘에 살 줄을 알았다.

"애가 '놀이'를 하고 있나?"

제라르는 폴의 따스한 손을 꼭 쥐고 젖혀진 얼굴을 물끄러미 들여다보며 속으로 물었다.

폴이 없다면 이 차는 그저 여느 차일 게고, 이 눈도 여느 눈, 불빛도 여느 불빛, 이 귀로(歸路)도 여느 귀로일 따름이었을 것이다. 제라르는 성미가 너무 딱딱하여 제 스스로 그 황홀한 상태를 이룩해 내지 못했다. 그래서 폴은 그를 지배하였고, 폴의 영향은 종내 모든 것을 변용(變容)케 하였다. 문법·수학·역사·지리·자연과학 등을 배우는 대신 그는 깬 채로 잠드는 법을 배웠다.(그것은 사람을 아무런 손길도 닿지 않는 곳에 고이 놓아 두며 사상(事象)의 참다운 의미를 도로 찾게 하는 그런 잠이다) 인도의 마약도 이들 신경질적인 아이들에게는 학교의 책상 밑에서 몰래 씹는 지우개나 펜대만큼의 일도 감당해 내지 못했을 것이다.

“얘가 ‘놀이’를 하고 있나?”

제라르는 착각하고 있는 게 아니었다. 폴이 하는 놀이란 도무지 다른 것이었다. 소방차가 지나가도 폴의 마음을 ‘놀이’에서 떼어놓지는 못했다.

그는 다시 생각의 가벼운 실오라기를 이어보려 했으나 시간이 없었다. 집에 다다른 것이다. 차는 문 앞에 멎었다.

폴은 의식이 점점 분명해지고 있었다.

“누구한테 좀 도와달랠까?”

하고 제라르가 물었다.

그럴 필요는 없다는 대답이었다. 제라르가 부축해 주기만 하면 층계를 올라가겠다는 것이었다. 제라르는 우선 책가방을 차에서 꺼냈다.

가방을 든데다 목 언저리를 왼손으로 껴안으며 매달리는 폴의 온몸을 부축하며 제라르는 엉금엉금 층계를 올라갔다. 그는 2층에서 멈춰 섰다. 초록빛 우단으로 덮인 낡은 의자가 하나 보였다. 찢어진 그 복판에서는 털부스러기와 용수철이 비죽이 드러나 보였다. 제라르는 그 의자에다 소중한 짐을 앉히고서 오른쪽의 문으로 다가가 초인종을 눌렀다. 발소리가 들리더니 멈추고 침묵이 흘렀다.

"엘리자베스"

침묵이 계속되었다.

"엘리자베스!"

제라르는 힘을 주어 소곤거렸다.

"열어줘! 우리예요."

작고 아귀찬 목소리가 들려왔다.

"안 열어 줄걸! 진저리나요! 사내애들은 인제 그만이야. 미쳤나, 이런 시간에 들어오게!"

"리즈벳."

제라르는 그대로 서 있었다.

"빨리 좀 열어줘요. 폴이 다쳤어요."

잠깐 있다가 문이 조금 열렸다. 그 틈새로 목소리가 다시 울렸다.

"다쳤다고! 문 안 열어줄까 봐 별 속임수 다 쓰네. 그래 정말이야, 거짓말이야?"

"폴이 다쳤대두, 얼른 좀. 의자에서 덜덜 떨고 있잖아요."

문이 활짝 열렸다. 열여섯 난 소녀가 나타났다. 폴과 비슷한 얼굴이었다. 검은 속눈썹으로 그늘이 지는 푸른 눈도 같았고, 파리한 뺨도 닮았다. 그러나 두 살 위라는 사실은 어딘지 모르게 나이 든 선을 그려내고 있었다. 곱슬거리는 짧은 머리 아래 누이로서의 얼굴은 하나의 소묘(素描)에 지나지 않던 시절을 이미 벗어나오면서 동생의 얼굴을 조금 더 부드럽게 한 것 같은 모습으로 틀이 잡혀서, 혼란한 가운데 미(美)를 향하여 서둘러 가고 있었다.

어슴푸레한 문간에서 우선 엘리자베스의 하얀 얼굴과 너무 긴 듯한 앞치마에 묻은 얼룩점이 떠올랐다.

터무니없는 거짓말로 믿었던 것이 막상 사실임을 알자 그녀는 더 이상 소리를 지르지 못했다. 휘청거리면서 고개를 떨어뜨리고 있는 폴을 그녀와 제라르가 부축했다. 문에 들어서자마자 제라르가 사건을 설명하려 들었다.

"멍청이 같으니,"

하고 엘리자베스는 한숨을 내쉬었다.

"언제 봐도 주책바가지야! 고함을 지르지 않곤 이야

길 못해? 엄마한테까지 들리면 그저 속시원하겠군?"

그들은 식탁을 빙 돌아서 식당을 지나 오른쪽 아이들 방으로 들어갔다. 방에는 조그만 침대가 둘, 옷장과 난로, 그리고 의자 세 개가 놓여 있었다. 두 침대 사이에는 화장실 겸 부엌으로 통하는 문이 달려 있는데, 그쪽 방으로는 입구의 문간에서도 드나들 수 있었다. 처음으로 방 안에 들어와 둘러보는 사람은 누구라도 깜짝 놀랄 것이다. 침대만 없다면 곳간이나 다름없었다. 갖가지 상자, 속옷 나부랭이, 목욕수건 등이 바닥에 널부러져 있었고, 양탄자는 올실이 삐져나와 있었다. 난로 한복판에는 석고의 반신상(半身像)이 떡 버티고 있는데 그 얼굴엔 잉크로 콧수염과 눈이 그려져 있었다. 한창 인기 있는 영화배우, 권투선수, 살인범 등의 사진이 실린 잡지·신문, 프로그램의 낱장들이 이곳저곳에 압정으로 눌려 있었다.

엘리자베스는 흩어진 상자갑을 발길로 힘껏 걷어차면서 길을 열었다. 그녀는 연신 투덜거렸다. 둘은 책이 가득한 침대 위에 가까스로 병자를 눕혔다. 제라르는 눈싸움 이야기를 했다.

"너무 해, 너무 해."
하고 엘리자베스가 화를 벌컥 내며 말하였다.

　"내가 난데없는 간호사 노릇을 다하고, 병드신 엄마를 시중들고 있는데……. 그래 이 어른들께선 눈뭉치로 재미를 보셨다는 말씀이군. 병드신 엄마를 두고!"

　무언지 스스로 대견해지는 듯한 이 말이 흡족하여 그녀는 다시 소리를 질렀다.

　"난 병드신 엄마 시중을 도맡고 있는데 눈뭉치나 치고받고 장난하다니. 이번에도 거기지? 난, 다 알아. 네가 또 폴을 끌어낸 것을, 꼭 멍청이처럼!"

　제라르는 잠자코 있었다. 그는 폴 누이의 격정적인 이야기, 학생 말씨, 결코 늦춰진 적이 없는 팽팽한 성미를 잘 알았다. 그런데도 그는 노상 소심해지고 적이 애달픈 마음이 되는 것이다.

　"폴은 누구보고 시중들라는 거야? 네가 도맡을 셈야? 나더러 하라는 거야?"

　그녀가 말을 이었다.

　"장작개비처럼 거기 우두커니 서서 어쩌자는 거야?"

　"글쎄, 리즈벳."

　"난 리즈벳도 아니고 글쎄도 아니니 제발 버릇 좀 배우시지 못할까? 그런데다……."

　먼데서 나는 듯한 목소리가 잔소리를 가로챘다.

　"제라르, 너 이 더러운 계집애 말 듣지 마……."

폴이 입술 새로 뇌까렸다.

"진절머리나는 계집애야."

엘리자베스는 이 모욕에 펄쩍 뛰었다.

"뭐, 계집애! 흥, 좋아, 놈팡이들 멋대로 잘 해보지, 네 시중은 너 혼자서 들어보렴. 한다한다하니까 정말 이럴 수가 있어, 눈뭉치쯤 맞고선 꼼짝달싹도 못하는 바보! 그런 걸로 속썩다간 내가 바보게!"

"이봐요, 제라르."

하고 그녀는 밑도끝도없이 말했다.

"이것 봐."

느닷없는 충동으로 그녀는 오른발을 머리보다 높게 공중으로 치켜올렸다.

"벌써 두 주일이나 연습했어."

그녀는 다시 연습을 시작했다.

"그럼 이제 나가! 꺼지란 말야!"

그녀는 문을 가리켰다.

제라르는 문턱에서 망설였다.

"어쩌면……."

하고 그는 입속말로 주워섬겼다.

"의사를 불러와야 될 것 같은데."

엘리자베스는 또 발을 치켜들었다.

"의사라고? 그러잖아도 충고를 기다렸어. 어쩜 저렇게 희한하게두 똑똑하실까? 의사 선생님은 일곱 시에 엄마 왕진 오시고, 그럼 폴도 보시게 된다는 거나 잘 알구 말을 해……. 자, 냉큼 꺼져!"

그녀는 말을 끝맺었다.

그러고도 제라르가 갈피를 못 잡아 머뭇머뭇하자,

"아아니, 그럼 의사 선생님이 돼볼 셈이에요? 아니야? 자, 나가! 가라는대도?"

그녀는 발을 동동 굴렀다. 눈은 매서운 빛을 내쏘았다. 제라르는 후퇴하기 시작했다.

뒷걸음질치며 물러서다가 식당 안이 캄캄하여 그는 의자 하나를 넘어뜨렸다.

"바보! 바보!"

하고 그녀는 연거푸 고함을 쳤다.

"그건 또 세워 뭘 해, 이제 또 하나 넘어뜨릴 건데. 얼른 꺼져! 절대로 문 소릴 쾅 내지 말고."

층계참에서야 제라르는 택시를 세워둔 생각이 났다. 그런데 호주머니엔 10수도 들어 있지 않았다. 다시 초인종을 누를 용기는 도저히 없었다. 엘리자베스가 열어주지도 않겠지만 혹시 의사 선생인가 하고 열었다가 또 제라르인 걸 보면 마구 욕지거리를 퍼부을 것이 틀림없기 때문이었다.

제라르는 라피트 거리의 삼촌댁에 살고 있었다. 그 삼촌이 제라르를 키워주신 것이었다. 제라르는 거기까지 택시를 타고가서 형편을 설명하고 삼촌에게서 택시값을 얻어내기로 작정하였다.

그는 조금 전에 친구가 기댔던 것처럼 달리는 차 한 구석에 푹 파묻혔다. 뒤로 젖힌 머리는 차가 덜컹거림에 따라 흔들리는 대로 그냥 내버려두었다. '놀이'를 해보려 들지도 않았다. 마음이 괴로웠다. 꿈속 같은 행정(行程)을 맛본 뒤에 이어서 폴과 엘리자베스의 그 난잡스러운 분위기를 또다시 마주하고 오는 길이기 때문이었다.

엘리자베스는 그의 눈을 뜨게 하고, 동생인 폴의 연약함이란 잔인한 변덕과 얽혀 있는 것임을 생각나게 해주었다. 다르즐로에게 정복당한 폴, 다르즐로의 제물(祭物)인 폴은 제라르 스스로 노예가 되어버린 그 폴이 아니었다. 아까 택시 안에서 제라르의 행동은 어딘지 미치광이가 죽은 여인을 희롱하는 것과 비슷하였다.

그러나 그렇게 벌거벗은 마음으로 그 일을 생각해 내

지 못하는 제라르는 그 몇 분 동안의 흐뭇함을 눈과 까무러침의 화합(化合) 탓으로 돌렸고, 무언지 잘못 알아본 탓이라고 여겼다. 그 드라이브에서 폴이 싱싱하게 보인 건 소방차가 스쳐 지나가며 잠시 동안 반사된 불빛 때문에 얼굴이 상기된 듯 보였기 때문일 것이다.

물론 그는 엘리자베스를 잘 알고 있었다. 그녀가 동생에게 보내는 예찬, 그리고 거기에서 제라르가 기대할 수 있는 우정도 역시 잘 알았다. 엘리자베스와 폴은 그를 무척 좋아하였고, 그는 그들 오누이의 애정의 태풍, 그들의 눈길이 주고받는 번갯불, 그들의 변덕스러운 마음의 충돌, 그리고 그들의 독설을 잘 알고 있었다. 젖힌 머리는 뒤흔들리고 목덜미는 찬바람에 내쏘이면서 차근차근 제라르는 생각을 정리하였다.

그러나 어떠한 총명이 그에게 엘리자베스의 표독스런 말씨 뒤에 숨어 있는 불타는 상냥한 마음을 보여주었더라면, 필경 그 총명은 그의 생각을 이끌어 까무러침이라는 것, 이번에 폴이 까무러친 진상(眞相), 또 어른들이 까무러치는 경우와 거기서 빚어지기 십상인 결과에까지 다다르게 하였을 것이다.

라피트 거리에 이르자 제라르는 운전수에게 잠깐만

기다리라고 당부했다. 운전수는 투덜거렸다. 제라르는 층계를 서너 계단씩 허겁지겁 뛰어올라가서 삼촌을 찾아내어 마음씨 좋은 삼촌을 납득시켰다. 내려와 보니 인적 없는 거리엔 눈만 펼쳐져 있었다. 기다리다 못해 운전수는 아마, 미터대로 돈을 내겠다는 바쁜 손님을 태우기로 승낙해 버린 모양이었다. 제라르는 돈을 호주머니에 집어넣었다.

'잠자코 잊어버리자.'

고 그는 생각하였다.

'이 돈으로 엘리자베스에게 무어라도 좀 사다주면 폴의 소식을 알아보러 갈 핑계도 될 게다.'

몽마르트 거리, 제라르가 뺑소니를 치자 엘리자베스는 어머니 방으로 들어갔다. 이 방은 초라한 응접실까지 끼어서 아파트의 왼쪽 칸이 되는 셈이다. 병자는 자고 있었다. 넉 달 전에 일어난 지독한 발작으로 몸이 마비되어 버린 후로는 서른다섯 살밖에 안 되었는데도 이 여인은 아주 할머니처럼 보이는 몰골에다 노상 죽기가 소원이었다.

남편은 그녀를 후려내어 살살 구슬려 가며 재산을 몽땅 들어먹고서 팽개쳐버렸다. 3년 동안 그는 처자가 기다리는 집에 이따금씩 훌쩍 나타났다간 다시 종적을 감추어버리곤 했다. 올 때마다 추태만 잔뜩 부리기 일쑤였다.

간경화증 때문에 어쩔 수 없이 돌아온 주제에 병 시중을 들라고 성화였다. 자살을 하겠노라고 거짓말을 하면서 권총을 휘둘러대고는 하였다. 그러다가도 병의 발작만 지나가버리면 다시 첩의 집에 붙어 살러 가는 것이었지만, 그 첩은 병의 징조가 보이기만 하면 당장에 그를 몰아내는 것이었다. 언젠가 그는 또 훌쩍 찾아들더니 발을 동동 구르며 치를 떨다가 자리에 누운 채 다시는 떠나지도 못하고, 스스로 동거를 거부하던 아내 곁에서 죽고 말았다.

일종의 반항심이 이 기진맥진한 여인으로 하여금 자식들도 아랑곳하지 않고, 얼굴에 더덕더덕 분칠이나 하고 매주마다 하녀를 갈아 치우는 둥, 춤을 추러 다니는 둥, 돈을 바라서 아무 데나 쏘다니는 그런 어머니로 전락시켜 버렸다.

엘리자베스와 폴은 그녀의 파리한 얼굴을 닮았다. 아버지에게선 무절제와 멋과 지독한 변덕을 물려받았다.

'살아선 뭘 한담?'

하고 이 어머니는 생각해 보는 것이었다. 이 집안의 오랜 친구인 의사 선생님은 결코 이들이 방황하도록 내버려두진 않을 텐데 뭘. 몸을 쓰지 못하는 이 여인은 딸자식과 온 집안을 시들게 하고 있었다.

"엄마, 자요?"

"아니다, 선잠이 드는 둥 마는 둥 하나보다."

"폴이 좀 다쳤어요. 눕혀 놨는데 의사 선생님한테 보이려고 해요."

"아프다고 그러니?"

"걸으면 아프대요. 엄마한테 이야기해 달래. 신문을 오려내고 있어요."

병자는 한숨을 내쉬었다. 벌써 오래 전부터 그녀는 딸에게 모든 것을 떠맡겨 왔다. 고통에 대해서도 이기적이었다. 그래서 더 자세히 들으려고 마음쓰지도 않았다.

"그럼 하녀는?"

"그저 그래요."

엘리자베스는 제 방으로 돌아왔다. 폴은 벽을 향해 돌아누워 있었다.

그녀는 폴 위에 몸을 굽혀 물어보았다.

"자니?"

"시끄러!"

"퍽은 인사성도 밝아. 넌 떠났구나.(오누이끼리의 대화 표현으로는, '떠났다'라는 말은 '놀이'가 이끌어준 반의식 상태를 뜻한다. '떠나려는 참이다' '떠난다' '떠났다' 이렇게들 말한다. '떠나버린 놀이꾼'을 어지럽힌다는 것은 용서없는 잘못으로 되어 있다) 넌 떠나버리고 난 뼈가 바스러지게 일만 하고, 놈팡이도 더럽고 치사하다, 애. 신발 벗겨줄게 발 좀 내놔. 발도 꽁꽁 얼어붙었구나. 기다려, 탕파(湯婆) 좀 데워 가지고 올게."

그녀는 진흙투성이의 구두를 반신상 옆에 놓아두고 부엌으로 사라졌다. 가스불을 켜는 소리가 들렸다. 잠시 후 그녀는 돌아와서 폴의 옷을 벗기기 시작하였다. 그는 투덜거리면서도 몸을 내맡기고 있었다. 아무래도 도움이 필요하게 되면 엘리자베스는,

"머리 좀 세워."라든가, "발 좀 들어 봐." 또는 "죽은 시늉만 하고 있음 소맬 벗길 수 없잖니?"

하고 말하였다. 차례차례 그녀는 폴의 호주머니를 비우기 시작하였다. 잉크에 얼룩진 손수건, 뇌관(雷管), 털 부스러기가 엉켜붙은 마름모꼴의 대추 열매, 사탕 들이 바닥에 내던져졌다. 이윽고 그녀는 옷장서랍을 열어, 내던지지 않은 나머지 것—작은 상아 손, 마노 구슬, 만년필 뚜껑, 이런 것들을 그 속에다 챙겨넣었다.

이런 것들이 보물이었다. 하나하나 묘사해 내기엔 불가능한 보물이었다. 서랍 안에 든 물건들은 본래의 용도에서 벗어나 너무나 상징적인 의미를 지니고 있는 것이기 때문에 속인의 눈에는 그저 스패너, 아스피린 통, 알루미늄 반지, 머리 클립 등등의 골동품 따위로밖에 보이지 않았다.

탕파는 따뜻하였다. 엘리자베스는 연신 뭐라고 중얼중얼하면서 이불을 걷어젖히고 잠옷을 펼쳐주고선 흡사 토끼 껍질이나 벗기듯 폴의 속옷을 뒤집어 벗겼다. 그럴 때마다 폴은 사나운 몸짓을 멈추곤 하였는데, 이런 정다움을 대하면 그는 눈물이 솟구쳐오르곤 하는 것이다. 엘리자베스는 그에게 이불을 폭 씌워주고 이불 끝을 접어준 다음 작별의 몸짓과 함께,
"자려무나, 멍청아!"
하며 시중을 끝냈다. 그러고선 한 곳만 잔뜩 노려보며 눈썹을 지긋이 세우고 입술 새로 혀를 비죽 내민 채 체조 연습을 시작하였다.

갑자기 초인종이 울려 그녀를 깜짝 놀라게 하였다. 천을 감아 놓았으므로 초인종 소리는 잘 들리지 않았다. 의사였다. 엘리자베스는 그의 털외투를 끌어당기면서 동생의 침대까지 와서야 어떻게 된 영문인지 이야기

하였다.

"우리 둘만 남겨 줘, 리즈. 체온계 좀 갖다주고 응접실에서 기다리란 말야. 진찰을 해야 하니까. 나는 움직이거나 나를 빤히 쳐다보는 게 싫거든."

엘리자베스는 식당을 지나서 응접실로 들어갔다. 눈은 거기서도 계속 기적을 낳고 있었다. 팔걸이의자 뒤에 서서 그녀는 마치 눈이 공중에다 달아 매놓은 듯한 낯선 방 안을 찬찬히 둘러보았다.

맞은편 포도에서 반사되어 천장에다가 그늘과 반그늘이 지는 여러 개의 유리창을 만들었다. 유리창의 이런 그림자는 마치 빛의 굵다란 레이스천의 올실인 듯했고, 올실의 그 아라베스크 무늬 위를 실물보다 작은 통행인들의 실루엣이 오고가는 것이었다.

허공에 매달린 방 같다는 착각은 무언지 생명이 있는 듯한 거울 때문에 더욱 심해졌다. 거울은 추녀의 층층무늬와 땅바닥 사이에 움직이지 않는 스팩트럼을 그리고 있었다. 이따금씩 자동차가 폭넓고 시커먼 광선으로 그 모든 것을 휩쓸어 지워버렸다.

엘리자베스는 '놀이'를 해보려고 들었다. 그러나 불가능한 일이었다. 가슴이 울렁거렸다. 제라르에게도 그렇듯이 그녀에게도 눈싸움의 결과는 그들의 꿈같은 세계에 속하는 게 아니었다. 의사가 그녀를 모진 현실의 세계로 끌어넣은 것이다. 거기엔 두려움이 존재하고 열에 들뜬 사람들이 죽음에 사로잡혀 있었다. 한순간 그녀는 중풍 든 어머니, 죽어가는 동생, 이웃집 아낙네가 갖다주는 수프, 냉육, 바나나, 마른 비스킷, 그런 것을 아무 시각에나 먹는 자기의 모습, 하녀도 없고 사랑도 없는 집 안을 얼핏 머릿속에 그려보았다.

폴과 엘리자베스는 엿강정을 먹는 일이 가끔 있었다. 저마다 자리에 드러누워서 엿강정을 쪽쪽 빨아먹으며 욕지거리와 책을 주고받는 것이었다. 왜냐하면 그들은 다만 몇 권의 책, 그것도 노상 똑같은 책밖에 읽지 않았고 진저리칠 때까지 거푸 읽어대기 때문이었다. 이 진저리나는 기분이 의식의 일부를 이루는 것이다. 의식은 우선 이부자리를 꼼꼼히 조사하고, 빵 부스러기를 털어내고, 주름을 펴놓은 것에서 시작하여 지독한 난장판으로 이어지고, 마지막엔 '놀이'로 들어가는 데서 끝을 맺었다. '놀이'는 아무래도 그 진저리난 기분에서 비롯되는 게 가장 좋은 모양이었다.

"리즈."

엘리자베스는 이미 슬픈 마음에서 떠나 있었다. 의사가 부르는 소리에 그녀는 소스라치게 놀라 문을 열었다.

“다 됐어.”

하고 의사가 말했다.

“그다지 걱정할 건 없다, 대단치는 않으니까. 그렇다고 내버려둬서도 안 돼. 저애는 본래부터 가슴이 약해서 말야. 손가락 끝으로 퉁기기만 해도 일이 터지거든. 학교에 나간다는 건 인제 말도 안 돼, 안정하고 또 안정해야 돼. 다쳤다고 말해 둔 건 잘한 일이야. 괜히 어머니를 걱정시킬 필요는 없는 거니까. 너도 이젠 다 큰 아가씨니 말야, 나는 널 믿는다. 하녀 좀 불러다오.”

“이젠 하녀도 없어요.”

“됐어. 그럼 내일 당장 간호사를 두 사람 보내지. 번갈아서 집안일을 보도록 말해 두겠다. 필요한 물건은 그 사람들이 사줄 테니까, 넌 그들을 감독하기만 하면 돼.”

엘리자베스는 고마워하지도 않았다. 기적에 의해서 살아가는 게 버릇이 돼버린 그녀는 아무런 놀람도 없이 기적을 받아들이는 것이었다. 그녀가 기적을 기다리고 있노라면, 기적은 언제나 일어나게 마련이었다.

의사는 어머니를 보살피고 돌아갔다.

폴은 잠들어 있었다. 엘리자베스는 그의 숨결에 귀를 기울이며 찬찬히 얼굴을 뜯어보았다. 갑자기 세찬 애정이 솟구쳐 그녀는 찌푸린 얼굴 표정을 고치고서 동생을

애무하기 시작하였다. 병자를 놀려주는 게 아니라, 이
모저모 조사해 보는 것이었다. 발그레한 보랏빛 자국이
눈시울 밑에서 발견된다. 윗입술이 부풀어올라 아랫입
술 위로 부어오른 게 눈에 띈다. 드러난 팔뚝에 귀를
대어본다. 어쩌면 이렇게 요란한 소리가 들릴까! 엘리
자베스는 왼쪽 귀를 막아본다. 그녀 자신의 두근거리는
소리가 폴의 그것에 덧붙여진다. 그녀는 불안해진다.
요란스러운 소리는 점점 더 커지는 듯하다. 이게 더 커
지면, 그것은 곧 죽음이다.

“얘!”

그녀가 폴을 깨운다.

“응! 뭐야?”

그가 기지개를 켠다. 엘리자베스의 흉측한 얼굴이 보
인다.

“왜 그래? 미쳤어?”

“내가!”

“그럼, 누구야. 왜 귀찮게 구는 거야! 잠자는 걸 가만
좀 두진 못해?”

“남이라고! 난 잠도 못 자는 목석인 줄 아니? 그래도
난 단잠을 자지 않고 네게 먹을 걸 갖다바치고, 너한테
서 나는 소릴 듣고 있는데.”

“무슨 소리?”

“얄궂은 소리.”

“바보 계집애!”

“그리고 굉장한 소식도 전해 줄 셈이었는데, 난 뭐 바보 계집애니까 그런 소식도 들려주지 않을 테야.”

굉장한 소식이라는 말에 폴은 솔깃해졌다. 그러나 빤히 들여다뵈는 계교는 피하기로 하였다.

“고이 모셔두려무나, 그 굉장한 소식.”

하고 그가 말했다.

“난 도무지 아랑곳없어.”

엘리자베스는 옷을 벗었다. 오누이끼린 조금도 쑥스러울 게 없었다. 이 방은 하나의 등껍질〔甲殼〕이었고, 그 안에서 그들은 마치 한몸에 달린 두 팔다리처럼 생활하고 몸을 씻고 옷을 입는 것이었다.

엘리자베스는 편육, 바나나와 밀크 등을 병자 곁의 의자 위에 올려놓아 두고, 마른 과자와 석류술을 한쪽 빈 침대 옆에 날라다 두고선 그 침대에 드러누웠다.

그녀는 오독오독 과자를 씹으면서 잠자코 책을 읽었다. 호기심이 잔뜩 치밀어오른 폴은 의사 선생님이 무어라고 말씀하셨는지 물었다. 사실은 진단쯤은 아무래도 좋았다. 굉장한 소식이라는 것을 듣고 싶었다. 그런

데 그 소식은 진단 이야기나 꺼내 놔야 가까스로 나올 수 있을 것이었다.

폴이 묻는 서슬에 정신이 흩어져버렸지만 대꾸를 거절했다가는 그 결과가 두려워서 엘리자베스는 책에서 눈도 떼지 않고 오독오독 씹는 것도 멈추지 않은 채, 아무렇지도 않은 목소리로 툭 쏘아붙였다.

"이젠 학교도 집어치우라고 그러시더라."

폴은 눈을 감았다. 걷잡을 수 없이 뒤숭숭해지는 마음이 그에게 다르즐로의 모습, 다른 곳에서 여전히 살아가는 다르즐로, 그리고 다르즐로와는 아무런 연관도 없을 자기의 앞날을 그려주었다. 불안한 마음에 너무도 괴로워서 그가 소리쳤다.

"리즈!"

"응?"

"리즈, 기분이 나빠."

"어머, 그러니!"

한쪽 발에 쥐가 나서 그녀는 절룩거리면서 일어났다.

"어떻게 해줬으면 좋겠니?"

"난……난 네가 내 곁에, 내 침대 곁에 바싹 다가오면 좋겠어."

그는 눈물이 왈칵 쏟아졌다. 어리디 어린 꼬마애들처

럼 입술을 삐죽삐죽하면서 얼굴을 온통 눈물과 콧물로
적시며 우는 것이었다.

엘리자베스는 제 침대를 부엌 문 앞으로 끌어당겼다.
의자 하나를 사이에 둔 침대는 동생의 침대와 거의 닿
을 둥 말 둥하였다. 그녀는 다시 드러누워 불행한 동생
의 손을 어루만져 주었다.

"이런, 이런……!"
하고 그녀가 말했다.

"바보가 또 하나 생겼구나! 학교에 가지 않아도 좋다
는데 훌쩍거리는 애가 어딨니. 생각 좀 해봐. 이제부턴
우리끼리 방에 꼭 틀어박혀서 살게 되잖니. 간호사도
와 있게 되는 거야, 의사 선생님이 보내주신다고 그러
셨어. 그러면 나는 봉봉과자 사러 갈 때나 책 빌리러
갈 때 말고는 집 밖에 나가지 않아도 되는 거 아니니."

눈물은 파리한 가엾은 얼굴 위에 얼룩진 자취를 그려
놓고 있었다. 그리고 몇 방울은 속눈썹 끝에서 떨어져
베개를 뚝뚝 두들겨 울렸다.

무슨 영문인지 알 수 없는 이 재앙에 부딪혀 엘리자
베스는 입술을 깨물었다.

"겁이 나서 그러니?"
하고 그녀가 물었다.

폴은 연신 도리질을 했다.

"공부하는 게 좋니?"

"아냐."

"그럼 뭐야? 애도, 참…… 이봐요! (그녀는 폴의 팔을 잡아 흔들었다) 그럼 '놀이' 좀 했음 좋겠니? 코 풀어라, 애, 날 쳐다봐. 최면술을 써줄게."

그녀는 크게 눈을 부릅뜨면서 바짝 다가왔다. 폴은 훌쩍거리며 흐느껴 울었다. 엘리자베스는 피로를 느꼈다. 그녀는 '놀이'를 하고 싶었다. 동생의 슬픔을 위로해 주고, 최면술을 걸어주고 싶었다. 그리고 동생의 기분을 이해하고 싶었다. 그러나 잠기운은 눈내리는 길 위의 자동차의 그것처럼, 빙그르르 도는 폭넓고 시커먼 광선으로 그녀의 노력을 휩쓸어버렸다.

3

　그 이튿날 일손이 들어찼다. 다섯 시 반에 하얀 블라우스를 입은 간호사가 제라르에게 문을 열어주었다. 제라르는 곽에 든 파르마 오랑캐꽃 조화(造化)를 갖다 바쳤고, 그에 엘리자베스는 매혹되었다.

　"폴한테 가봐."

하고 그녀는 심술없이 말했다.

　"난 엄마가 주사 맞는 걸 지켜봐야 해."

　세수를 하고 머리를 빗은 폴은 거의 건강한 안색이었다. 그는 콩도르세의 소식을 물었다. 뉴스는 놀라웠다.

　아침에 다르즐로는 교장실로 불려갔다. 교장은 훈육주임이 하던 심문을 계속할 셈이었다.

　울화가 터진 다르즐로가 매우 건방진 태도로,

　"그래요, 그래!"

하는 식의 대꾸를 하였기 때문에, 교장은 팔걸이의자에서 벌떡 일어서서 주먹을 내밀어 책상을 꽝 치며 그를 위협하였다.

그러자 다르즐로는 윗도리에서 후춧가루 병을 꺼내 교장의 얼굴에 대고 그 알맹이를 뿌렸다.

결과가 너무나 지독한데다 믿을 수 없을 만큼 갑작스러웠기 때문에 기겁한 다르즐로는 마치 무슨 제방이 터져나가고 광포한 홍수가 밀려올 때의 반사적인 방어 작용과도 같이 의자에 뛰어올라 우뚝 섰다. 그 높은 위치에서 그는 소경이 돼버린 늙은이가 칼라를 쥐어뜯으며 책상 위를 뒹굴고 아우성을 치며 정신착란 증세를 연출하는 광경을 내려다보고 있었다. 이 정신착란의 광경과 전날 저녁 눈뭉치를 던졌을 때처럼 멀거니 높은 데에서 있는 다르즐로의 모습은 비명을 듣고 뛰어온 훈육주임을 문턱에 못박아 놓았다.

학교라는 곳에는 사형이 없으므로 다르즐로는 퇴학처분을 받았고, 교장은 의무실로 옮겨졌다. 다르즐로는 얼굴을 똑바로 들고 뿌루퉁한 채 어느 누구와 악수도 하지 않고 복도를 가로질러 가버렸다.

친구에게서 이러한 불상사를 들은 병자의 감정이 어떠하였을지 짐작된다. 제라르의 이야기에 조금도 의기양양한 기색이 드러나지 않는 것을 보고 폴도 자기의 괴로운 마음을 나타내지 않으려 했다. 그러나 괴로움은 그가 억제하는 힘보다 더 강하였다. 그가 물어보았다.

"너 걔 주소 알고 있니?"

"알 턱 없지. 그런 자식이 자기 주소를 가르쳐 주겠니?"

"가엾은 다르즐로! 그러니 걔 거라고는 인제 저것밖에 안 남았구나. 저기 사진 좀 갖다줘."

제라르는 반신상 뒤에서 사진을 두 장 찾아왔다. 하나는 학급 사진이다. 학생들이 키대로 층층이 겹쳐 서 있었고, 선생의 왼쪽에는 폴과 다르즐로가 땅바닥에 도사리고 앉아 있었다. 다르즐로는 팔짱을 끼고 있고, 마치 축구선수처럼 그는 우람한 다리를 여봐라는 듯이 자랑하고 있었다. 그 다리는 다르즐로의 세력을 이루는 특성 중의 하나였다.

다른 한 사진은 아탈리(장 라신의 유명한 비극≪아탈리≫의 여주인공)의 의상을 입은 다르즐로를 보여준다. 생 샤를마뉴 기념식날, 학생들이 ≪아탈리≫를 공연한 적이 있었는데, 다르즐로는 이 연극의 타이틀이 되는 역을 맡겠다고 우겨댔다. 장옷을 쓰고 번쩍번쩍 빛나는 금박붙이 의상을 입은 다르즐로는 젊은 범 같은 모습이었고, 1889년대의 위대한 여자 비극배우와 비슷했다.

폴과 제라르가 추억에 잠겨 있는데 엘리자베스가 들

어왔다.

"이거 넣어둘까?"

하고 폴이 두번째 사진을 흔들어댔다.

"뭘 넣어둬? 어디다 말이야?"

"보물에다."

"보물에다 뭘 넣어?"

그녀는 또 얼굴이 흐려졌다. 그녀는 보물을 존중하였
다. 새로운 물건을 보물에 넣는다는 것은 아무렇게나
해치울 일이 아니었다. 그녀는 자기에게도 의논을 해야
할 것이 아니냐고 요구했다.

"그래서 의논하는 거 아니야?"

하고 동생은 말을 이었다.

"나한테 눈덩이를 던진 자식의 사진인데 말야."

"이리 좀 보자."

그녀는 한참 동안 사진을 뜯어보고선 아무런 대꾸 없
이 잠자코 있었다.

폴이 덧붙였다.

"그놈이 나한텐 눈덩일 던지고 교장 선생님한테 후춧
가루를 내던졌는데, 퇴학 맞고 쫓겨났대."

엘리자베스는 사진을 꼼꼼히 살펴보며 생각에 잠긴
채 방 안을 오락가락하다가 엄지손톱을 이로 깨물었다.

마침내 그녀는 서랍을 방긋이 열더니 그 사이로 사진을 밀어넣고선 다시 닫아버렸다.

"얄밉게 생겼다, 애."

하고 그녀는 말했다.

"지라프(제라르의 애칭), 폴을 너무 피곤하게 하지 말아 줘. 난 엄마한테 돌아가 봐야 해. 간호사들을 감독하거든. 얼마나 힘이 드는지 알아? 툭하면 제맘대로 쥐고 흔들려고 하거든. 잠시도 떠나 있을 수가 없어."

그러고서 반은 정색하고 반은 익살인 듯 연극 같은 동작으로 머리칼에 손을 갖다대고는 무거운 옷자락을 질질 끄는 시늉을 내면서 방을 나갔다.

4

　의사의 덕택으로 생활은 조금씩 정상적인 리듬을 잡아갔다. 그러나 이런 종류의 편안한 생활도 아이들에게는 아무런 영향을 주지 못했다. 왜냐하면 아이들에게는 자기네들만의 편안한 생활이 있는 것이고, 그들의 편안한 생활이란 이 세상의 것이 아니기 때문이다. 폴을 학교로 끌어들일 수 있었던 것은 모름지기 다르즐로 그뿐이었다. 다르즐로가 퇴학을 맞고 보면, 콩도르세는 하나의 감옥으로 되어버리고 만다.

　게다가 다르즐로의 모습은 달라지기 시작하였다. 그의 매력이 감소했다는 말은 결코 아니다. 오히려 그 반대로 그는 점점더 커지고, 뭍을 떠나 땅에서 하늘로 솟아오르는 것 같았다. 나른한 그의 눈매, 곱슬머리, 두꺼운 입술, 큼직한 손, 명예로운 상처를 처맨 무르팍, 이런 것 하나하나가 차츰 성좌(星座)의 형세를 갖추었다. 제각기 공간에 의해서 분리된 채로 자전(自轉)을 하며 맴도는 것이었다. 한 마디로 말해서, 다르즐로는 보물서랍 속에 들어 있는 제 자신과 몸을 합쳐버린 것이었다. 모델과 사진은 일치하여 버렸다. 그래서 모델은 쓸모없게 되었다. 추상적인 하나의 폼이 그 아름다운 동물을 이상화하였고, 마향(魔鄕)인 이 방의 액세서리를 풍유하게 하였다. 그리고 마력에서 해방된 폴은 이미 휴가 외의 아무것도 아닌 자기의 병을 마음껏 향락하였다.

간호사들의 충고도 이 방의 난장판을 이겨내지 못하였다. 난장판은 점점더 심해져서 바닥을 메워버렸다. 상자의 전망, 종이의 호수, 속옷 나부랑이의 산, 이런 것들이 병자의 도시였고 무대장치였다. 엘리자베스는 잔뜩 신명이 나서, 이 도시의 기본적인 조망(眺望)을 파괴하고 빨래를 핑계삼아 산을 무너뜨리는 둥, 소나기 같은 입씨름이 터지는 기온을 듬직듬직 갖다대곤 하였다.
오누이의 어느 한쪽도 그러한 기온이 아니고서는 살아가지 못했을 것이다.

제라르는 날마다 찾아와서는 욕지거리의 연발 사격을 받으며 맞아들여졌다. 그럴 때마다 그는 미소를 띠며 다소곳이 얼굴을 숙이고 있었는데, 누그러운 그의 습성은 이런 접대에도 면역이 되어버렸다.

이제는 그러한 접대를 받아도 마음이 어지러워지기는 커녕 오히려 다정함까지 맛보는 것이었다. 천연덕스러운 그의 태도에 부딪힌 엘리자베스와 폴은 그의 모습이 사뭇 우스꽝스럽다는 둥 영웅적이라는 둥 흉내를 내고, 또 제라르에 관해 둘이서만 비밀로 해둔 일들이 새삼 우스운 듯이 깔깔대곤 하였다.

제라르는 그러한 프로그램을 잘 알고 있었다. 그는 마음을 상하지 않고 견디어 내면서 방 안을 찬찬히 둘러보고, 이미 아무도 이야깃거리를 삼지 않게 되어버린 요즈음 변덕의 흔적은 없나 하고 두리번거리며 찾는 것이었다. 예를 들면 그는 어느 날 거울 위에다 비누로 큼직하게 휘갈겨 놓은 다음과 같은 구절을 읽어냈다.

'자살이란 하늘도 용서 않는 죄이니라.'

지워지지 않고 남아 있던 이 요란스러운 격언은 반신상에 그려 붙인 콧수염의 역할을 거울 위에서 맡아보게 되었다. 폴과 엘리자베스에게 이 격언은 물로 써놓은 것이나 마찬가지로 보이지 않는 자기네들의 글씨에 지나지 않았다. 그것은 아무도 목격하지 않았던 오누이끼리의 희한한 에피소드에 깃든 서정을 증언하는 것이기도 하였다.

어설픈 한 마디 말이 전쟁의 방향을 빗나가게 한다. 폴은 누이에게 듣기 싫은 소리를 내쏘았다. 그러자 이 오누이는 너무나 손쉬운 불화는 내버려두기로 하고 이 정확하기 그지 없는 속도를 이용해 보기로 마음먹었다.

"아아!"

폴이 한숨을 몰아쉬었다.

"내 방이 생기기만 하면……."

"그러구 난 내 방이 생기고."

"네 방 참 깨끗하겠다!"

"네 방보다는 깨끗할걸! 글쎄, 들어 봐요, 지라프. 앤 천장에 매다는 가지촛대가 소원이래……."

"닥쳐!"

"지라프, 앤 석고로 만든 스핑크스를 난로 앞에다 놓고 촛대도 루이 14세식 촛대를 주워다가 에나멜로 칠한대."

그는 울음보를 터뜨렸다.

"정말이야. 난 스핑크스랑 촛대랑 갖고 말 테야. 너 같은 바보가 무얼 안다고!"

"홍, 난 이런 데서 꾸물거리는 거 딱 질색이야. 호텔에 가서 살 테야. 짐도 다 꾸려 놨어. 인제 호텔로 가겠어. 홍, 제 시중은 저 혼자서 도맡아 해보렴! 이런 곳에 머물러 있는 건 딱 질색이야. 짐도 다 꾸려 놨대도. 멋도 모르고 버릇도 없는 이런 놈팡이하고 누가 산대!"

이러한 장면들은 언제나 엘리자베스가 그들에게 혀를 낼름 내밀어 보이고 뺑소니를 치면서 슬러퍼를 신은 발길로 난장판의 건물들을 뒤집어 엎는 것으로 끝장이 났다. 폴은 그녀가 달아난 쪽에다 대고 침을 내뱉기 일쑤였다. 엘리자베스는 쾅 하고 문을 닫아버렸다. 그리고 이어서 다른 문들이 쾅쾅거리며 닫히는 소리가 들려왔다.

폴은 이따금 가벼운 몽유병의 발작을 일으켰다. 발작은 아주 잠깐 동안이었지만 엘리자베스는 무서워하기는커녕 오히려 신이 났다. 오직 그런 발작만이 미치광이 동생을 꼼짝없이 침대 밖으로 끌어낼 수 있었다.

폴의 긴 다리가 이불에서 나타나 이상야릇하게 움직이는 것이 보이자마자 엘리자베스는 숨도 쉬지 않고 살펴보았다. 살아 있는 동상은 이리저리 교묘하게 서성거리다가 다시 제자리로 돌아가는 것이었다.

어머니의 갑작스런 별세는 태풍을 중단시켰다. 그들은 어머니를 사랑하고 있었다. 그런데도 어머니께 함부로 대했던 것은 어머니는 죽지 않는다고 여겼기 때문이었다. 어머니가 돌아가신 건 자기네들 탓이라고 오누이가 믿는 바람에 일은 한층 더 난처해졌다.

왜냐하면 어머니는, 어느 날 저녁 처음으로 자리에서 일어난 폴이 어머니 방에서 누이와 옥신각신하는 사이에 그들도 모르게 운명하셨기 때문이다.

간호사는 그때 부엌에 있었다. 입씨름이 주먹다짐으로 일변하였다. 그녀는 두 볼이 빨갛게 달아, 병자가 앉아 있는 팔걸이의자 곁으로 피난처를 찾았다. 그때였다. 그녀는 눈과 입을 크게 벌리고 물끄러미 자기를 바라보고 있는 몸집 큰 미지의 여인과 비극적으로 맞부딪쳤다.

주검의 뻣뻣한 팔과 팔걸이의자를 움켜쥔 손가락은 죽음이 즉흥으로 만들어 놓은, 또 죽음의 세계에서만 갖추어지는 그러한 자세를 온전히 갖추고 있었다. 의사는 이러한 충격을 예상하였었다.

오직 아이들만이 꼼짝도 못한 채 새파래져서 이 석화(石化)한 외침소리, 살아 있던 사람과 허수아비와의 자리 바꿈, 그들이 대면한 적도 없는 성난 볼테르를 우두커니 쳐다보고 있었다.

이 환영은 오랫동안 그들의 마음속에 자취를 남겼다. 장례식, 눈물, 어리벙벙해진 마음, 폴의 병의 재발, 간호사를 주선하여 집안일을 보게 해준 의사와 제라르 삼촌의 친절한 보살핌, 시간이 경과하자 폴과 엘리자베스는 또다시 코를 맞대고 살게 되었다.

어머니가 돌아가셨을 때의 꿈과 같은 정황은 어머니에 대한 기억을 힘겹게 하기는커녕 오히려 더 또렷이 오래 남게 하였다. 어머니를 겨누어버린 죽음의 벼락은 그들이 아쉽게 그리워하는 어머니와는 조금도 상관없는 죽음의 영상만을 남겼을 따름이었다. 게다가 이토록 순수하고 이토록 야생적인 아이들에게, 다만 관습에 의하여 눈물을 짓게 하고 애도되며 떠난 이의 모습이란 자칫하면 순식간에 사라지게 마련이다. 그들은 세속의 범절을 모른다. 동물적인 본능이 그들을 충동하고, 거기에 동물의 새끼로서의 시니시즘이 인식되는 것이다.

그러나 어머니가 돌아가신 방에는 불가사의한 무엇이 있어야 했다. 이번 죽음의 불가사의는 흡사 원시시대의 석관(石棺) 모양으로 죽은 여인을 보호하였다. 그리고 아이들의 마음이 엉뚱한 세목으로 말미암아 중대한 사건의 기억을 보존하는 것과 마찬가지로, 이 불가사의는 죽은 어머니에게 뜻밖에도 꿈나라의 하늘에서 영광스러운 자리를 마련해 주려는 것이었다.

5

　재발한 폴의 병이 오래 끌어 위독 상태에 이르렀다. 간호사인 마리엣 할머니는 제 일처럼 세심하게 보살펴주었다. 의사는 울화를 터뜨렸고, 안정과 휴양과 식이요법이 필요하다는 주장을 내세웠다. 자주 들러선 이것저것 지시를 내리고 필요한 액수의 돈을 쥐어주곤 하였다. 그러고도 지시대로 실행하였나 분명히 알아보려고 꼭 돌아와 보는 것이었다.

　처음엔 퉁명스럽고 시비조로 대들기 일쑤이던 엘리자베스도 결국 마리엣의 장미빛 큼직한 얼굴과 잿빛 곱슬머리, 그 헌신적인 정성에 정복당하고야 말았다. 어느 모로 보나 흠잡을 데 없는 지극한 정성이었다. 브르타뉴에 살고 있는 손자를 한시도 잊지 않고 그리워하는 이 브르타뉴 태생의 일자무식한 할머니는 아이들의 상형문자를 곧잘 읽어냈다.

올바른 비판자들이라면 엘리자베스와 폴의 성격이 무척 복잡하다고 생각하였을 것이고, 미치광이 숙모와 알코올 중독자였던 아버지의 유전이 작용하고 있는 것이라 주장했을 것이다. 필경 그들은 복잡한 성격인지도 모른다.

그러나 그들은 장미꽃처럼 착잡했고 그 비판자들은 그 착잡만큼 착잡했다. 언뜻 보면 한 송이 장미꽃이지만 보기에 따라서는 한겹 한겹 뒤얽히고 겹쳐진 꽃잎으로 이루어진 퍽 착잡한 물건이었다. 그저 단순하기만 한 마리엣 할머니는 눈으로 보지 않아도 짐작해 낼 수 있었다. 그녀는 기꺼운 마음으로 아이들의 기후 쪽으로 진화해 갔다. 이 기후말고는 다른 기후를 찾아보려 하지 않았다. 그녀는 이 방 안의 공기가 공기 자체보다도 더 가볍다고 느꼈다.

어떤 종류의 미생물은 높은 지대에서는 견뎌내지 못하는 것과 마찬가지로, 악덕도 이 방의 공기와는 더 이상 겨루어 내지 못하였다. 순수하고 경쾌한 공기, 그곳엔 어떠한 무거운 것도 저속한 것도 사치한 것도 스며들 길이 없었다.

사람들이 천재를 인정하고 천재의 일을 보호하듯이, 마리엣 할머니는 아이들을 인정하고 보호하였다. 요컨

대 그녀의 단순함은 이 방의 창조적인 천재를 존경할 수 있는 이해의 재능을 갖게 하였다.

왜냐하면 아이들이 창조하고 있던 것은 분명히 하나의 걸작이었고, 그들의 '있는 그대로'가 하나의 걸작이었다. 거기에서 지성(知性)은 아무런 역할도 할 수 없는 것이었고, 그 걸작의 놀라움이란 자랑도 목적도 없다는 데 있었다.

병자가 자기의 피로를 여러 모로 이용하였고, 신열(身熱)을 적당히 가감 조절하고 있었다는 건 새삼스레 말할 필요도 없다. 그는 입을 꼭 다문 채, 이제는 욕지거리에도 아무런 반응을 보이지 않았다.

엘리자베스는 뾰로통해져서 업신여기는 벙어리짓에 포옥 파묻혔다. 그러한 벙어리짓이 싫증나자, 그녀는 암쾡이 역할에서 곧 유모의 역할로 옮겨 왔다. 무진 애를 쓰면서 상냥한 목소리를 내고, 발끝을 곧추세워 사뿐사뿐 걸어다니며, 갖은 주의를 다 기울여 문을 열고 닫는가 하면, 폴을 마치 '팔삭둥이' 다루듯, 명패짝 다루듯, 동정해 주지 않아서는 안 되는 가엾은 거지 다루듯 하는 것이었다.

소원이었다면 그녀는 병원의 간호사라도 되었을 것이다. 마리엣 할머니가 곧잘 가르쳐줄 것이었다. 엘리자베스는 하루에도 몇 시간씩 구석의 응접실에서 콧수염 난 반신상, 찢어진 속옷 나부랑이, 탈지면, 가제, 클립 등에 파묻혀 지냈다. 머리를 붕대로 싸매고 흉측스러운 눈알을 부라리고 있는 석고 반신상은 온갖 가구들의 맨 위에 자리잡고 있었다.

마리엣은 전등을 꺼놓은 방에 들어오면, 깜깜한 어둠 속에서 이 반신상을 볼 때마다 죽을 듯이 기겁하기가 일쑤였다.

의사는 엘리자베스가 이렇게 변모하여 본래 버릇으로 돌아가지 않는 것을 축복하였다.

그런 상태가 줄곧 계속되었다. 그녀는 끈기 있게 버티어 자기가 연출하는 역할과 같은 성격이 되어갔다. 그것은 결코 어떠한 순간에도 우리의 어린 주인공들이 외부에 비쳐지는 자기들의 모습을 의식하지 않았기 때문이다. 게다가 그들은 자기네의 모습을 드러내 보이지도 않았거니와 드러내 보이려고 마음 쓰는 일도 없었다. 사람을 집어삼킬 듯 매력적인 이 방을 그들은 싫다고 여기면서도 오히려 꿈으로 장식하고 있었다.

오누이는 제각기 제 방을 가지려는 계획을 품고 있었지만 그러면서도 현재 비어 있는 방을 써보려는 생각은 염두에도 없었다. 아니 솔직히 말하자면, 엘리자베스는 그런 생각을 잠시 해본 적은 있었다.

그러나 오누이가 함께 쓰고 있는 방으로 말미암아 더 한층 숭고해진 죽은 어머니에 대한 기억은 그 방에 들어서기를 아직도 퍽 두렵게 만들었다. 그녀는 병자의 시중을 핑계삼아 그대로 눌러 있었다.

폴의 병은 사춘기의 성장과 얽혀 있었다. 베개를 쌓아올린 교묘한 파수막 안에서 꼼짝하지 않은 채 그는 경련을 호소하였다. 엘리자베스는 귀도 기울이지 않고 엄지손가락을 입술에 갖다 대면서, 마치 밤늦게 돌아온 젊은 사내가 신발을 손에 들고 양말 바닥으로 문간 마루를 살금살금 건너가는 듯한 걸음걸이로 사라져버리는 것이었다. 그러면 폴은 어깨를 들썩 하고서 다시 '놀이'로 돌아가곤 하였다.

4월로 접어들자 그는 자리에서 일어났다. 그러나 아직도 혼자 서 있지 못했다. 길들지 않은 다리가 후들거려 그를 잘 지탱해 내지 못하는 것이었다. 엘리자베스는 폴이 자기보다도 머리 반 남짓하게 키가 커버린 것이 못마땅하여 성녀(聖女) 같은 행실로 복수하기 시작하였다. 폴을 부축하여 앉혀 주고 게다가 목도리를 둘러주는 등 중풍들린 늙은이 모양으로 다루었다.

폴은 본능적으로 발길질 태세를 갖추었다. 애당초 누이의 이 새로운 태도에 대하여 그는 어리벙벙하였으나, 이제는 그저 두들겨 주고만 싶어졌다. 그러나 그가 이 세상에 태어났을 때부터 오누이끼리 지켜온 결투의 규칙은 그에게 정반대의 태도를 취하도록 일깨워주었다. 더군다나 그러한 수동적 태도가 폴처럼 게으른 성미엔 안성맞춤이었다. 엘리자베스는 속이 부글부글 끓었다. 이번에도 그들은 하나의 싸움을 발명해 낸 것이다. 숭고한 싸움이었다. 그리하여 균형은 다시 잡혀졌다.

제라르는 엘리자베스 없이 지낼 수가 없었다. 제라르가 깨닫지도 못하는 사이에 엘리자베스는 그의 마음속에서 폴의 위치를 대신하고 있었다. 솔직하게 말해 그가 폴에게서 사랑한 것은 몽마르트 거리의 그 집이었고, 폴과 엘리자베스였다. 세월의 흐름에 따라 변해 가는 사물의 힘은 폴에게 향했던 조명(照明)을 엘리자베스에게로 옮겨 비추었다.

이제는 소녀가 아니라 처녀가 되어버린 엘리자베스는, 계집아이들이 사내애들의 농지거리를 받는 나이를 벗어나 젊은 처녀들이 총각들의 마음을 설레게 하는 나이로 접어든 것이다.

　의사의 명령으로 방문이 금지되어버린 제라르는 예전과 같은 형세를 틀어잡을 궁리를 한 끝에 엘리자베스와 병자를 바닷가에 데려가 주도록 삼촌을 설득하였다. 삼촌은 독신인데다 부자였고, 밤낮없이 열리는 중역회의에 잔뜩 시달리고 있었다. 그는 과부이던 누이가 출산 후 바로 죽어버리자, 그때 낳은 제라르를 양자로 삼았다. 선량한 삼촌은 제라르를 키워왔고 앞으로 자기의 재산을 물려줄 셈이었다. 그는 여행을 승낙하였다. 자기도 좀 휴양해 볼 작정이었다.

　제라르는 모욕받을 것을 예기하고 있었다. 그렇기 때문에 성녀와 어린 망나니가 두말없이 감사의 뜻을 밝히자 어안이 벙벙할 정도로 놀라버렸다. 혹시 이 오누이가 무슨 연극을 꾸밀 작정으로 공격할 준비를 갖추고 있는 것이나 아닌가 하고 마음속으로 의아해 할 때, 성녀의 속눈썹 사이로 파뜩 지나간 불꽃과 망나니의 콧구멍이 바르르 떠는 것을 보고 제라르는 옳지, 장난이로구나 하고 깨달았다.

　그러나 그러한 운동 계통은 그를 겨눈 것이 아니었다. 그는 새로운 장(章)의 한가운데 떨어진 것이었다. 새로운 시기가 펼쳐지는 모양이었다. 문제는 그 리듬을 파악하는 데 있었다. 그는 오누이의 얌전한 태도를 보고 속으로 만세를 불렀다. 이 정도라면 호텔에 머무는 동안 삼촌이 별로 군소리를 늘어놓지는 않을 것 같았다.

과연 제라르가 조마조마하던 야단은커녕 삼촌은 착하디착한 오누이의 천성에 감탄하여 마지않았다. 엘리자베스는 사뭇 아양을 떨었다.

"보시다시피."

하고 그녀는 온몸을 비비꼬면서 수줍은 듯 말했다.

"제 동생은요, 좀 부끄럼을 잘 타는 편이어서……."

"갈보!"

하고 폴은 입 속으로 뇌까렸다.

그러나 정신을 바짝 차리고 있는 제라르의 귀에 들렸던 이 갈보! 소리를 빼놓고는, 동생은 줄곧 입을 꼭 다문 채였다.

기차 안에서 흥분을 억누르는 데는 어느 때보다 힘이 더 들었다. 세상 물정을 아는 바 없는 이 아이들의 눈엔 차간도 호사라고 비쳤지만, 몸짓과 영혼의 타고난 우아함이 곁들여 어떤 것에라도 익숙한 듯한 외양을 그들은 갖추어 낼 줄 알았다.

기차의 잠자리는 억지로라도 방을 생각나게 했다. 오누이는 당장에 자기들이 똑같은 생각을 하고 있음을 깨달았다.

'호텔에선 방도 둘이고 침대도 둘이겠지.'

폴은 꼼짝도 않고 잠들어 있었다. 속눈썹 사이로 엘리자베스는 야간등에 비춰진 폴의 파리한 옆얼굴을 꼼꼼히 뜯어보았다. 여러 모로 살펴온 것이지만 이 깊은 관찰자는 고독한 요양 생활 때부터 폴이 일종의 무기력 상태에 빠지기 일쑤이고, 이제는 그런 상태에 대해서 조금도 저항해 보려고 하지 않는다는 것을 벌써 오래 전에 인식하고 있었다. 폴의 턱선이 곱게 쭉 빠진 데 비해 자기 것은 모가 졌다는 사실이 새삼스레 그녀의 화를 돋우었다. 툭하면,

"폴, 네 턱주가리!"

하고 그녀는 되풀이하곤 하였었다. 마치 어머니들이,

"몸 좀 똑바로 해라!"

또는,

"손은 밥상 위에다 올려놓아!"

하고 흠을 잡는 것처럼. 그럴 때마다 폴은 욕지거리로 응수하였지만, 그러면서도 곧잘 거울 앞에서 제 옆얼굴을 이모저모 연구해 보게 마련이었다.

지난해의 일이지만 엘리자베스는 잠잘 때 빨래집게로 코를 집어두면 그리스인 같은 옆얼굴이 갖추어질 것이

라고 생각했었다. 가엾은 폴의 목덜미에는 고무 끈이 죄어들어 빨간 자국을 남겨버렸다. 그 뒤로 폴은 누구 앞에서나 정면이 아니면 4분의 3 정도로만 얼굴을 내보이기로 작정하였다.

그러나 오누이는 어느 누구도 남의 눈에 들게 하려고 마음을 쓰지는 않았다. 남모르는 시험은 아무도 목표로 삼지 않는 시험이었다.

다르즐로의 권세를 벗어난데다, 엘리자베스가 벙어리 짓을 시작한 때부터는 활기를 돋우는 실랑이의 불똥이 튀는 일도 없어져, 폴은 더욱더 자기 자신 속에 파묻혀 지냈기 때문에 제 성미대로 살았다. 연약한 그의 성질은 한층 더 여려졌다. 엘리자베스의 짐작이 틀림없었다. 그녀의 앙큼스런 주의력은 아무리 자그마한 징조라도 하나도 놓치는 일 없이 살펴보았던 것이다.

그녀는 작은 행복에 입맛을 다시는 따위는 아예 질색이었다. 고양이처럼 꼬르륵 목을 울리는 짓, 입술 언저리를 쩝쩝 핥는 짓을 증오하였다. 온통 불이며 얼음인 듯한 그녀의 성미는 미지근한 것을 받아들일 수 없었다. 라오디게아에 보냈던 사도서(使徒書)의 구절 비슷하게,

'그녀는 미지근한 것을 입으로 토하여(요한 계시록 3

장 16절. 네가 이같이 미지근하여 덥지도 않고 차지도
아니하니 내 입에서 토하여 내치리라에서 온 말) 버린'
것이다. 그녀는 순수한 혈통이었고, 그녀는 폴 역시 순
수한 혈통이기를 원하였다. 그리하여 이 소녀는 난생
처음 급행열차를 타고 달리면서도, 기관차의 울림 소리
에 귀를 기울이기는커녕 동생의 얼굴만 뚫어지게 응시
했다. 광녀의 부르짖음, 광녀의 머리카락, 이따금씩 나
그네들의 잠 위를 하늘거리는 외침의 감동적인 머리카
락 밑에서 동생의 얼굴만을 뚫어지게 응시하는 것이다.

6

　도착하고 보니 실망이 그들을 기다리고 있었다. 호텔마다 엄청나게 많은 손님들이 북적거렸다. 삼촌의 방을 빼놓고는 복도의 맞은편 맨끝에 꼭 하나 남은 방밖에 없었다. 그 방에 폴과 제라르를 재우고, 이웃한 욕실에 엘리자베스 몫의 침대를 들여놓자는 의견도 나왔다. 그러나 결국 엘리자베스와 폴이 그 방에서 자고 제라르는 목욕실에서 자기로 결정되었다.

　벌써 첫날밤부터 을씨년스러운 형세였다. 엘리자베스는 샤워가 하고 싶어졌다. 폴 역시 그랬다. 그들의 차가운 노여움, 배신 행위, 느닷없이 쾅 닫혔다가는 다시 활짝 열리는 문, 이런 것들은 결국 그들이 얼굴을 맞대고 샤워하는 것으로 끝장을 보았다. 마름〔水藻〕처럼 둥실 뜬 폴은 김이 피어오르는 욕탕 안에서 천사같이 황홀한 웃음을 띠었다.

　엘리자베스는 울화가 터졌다. 부글부글 끓어오르는

이 목욕중에서 발길질의 제도가 생겨나게 되었고, 이것은 이튿날 식탁에서도 계속되었다. 식탁 위에서 삼촌은 모름지기 미소만을 받았으나 그 아래선 앙큼스런 전쟁이 벌어지고 있었다.

　발길질과 발꿈치의 전쟁만이 점진적인 유일한 변모는 아니었다. 아이들의 매력도 작용하였다. 삼촌의 식탁은 미소로써 표현되는 호기심을 모으게 되었다. 엘리자베스는 사람들이 사귀려 드는 게 질색이었다. 그녀는 ‘남들’을 멸시하였다. 그렇지 않을 때엔 누군가를 멀리서 미칠 듯이 외곬으로 사랑했다. 아직까지 그녀의 뜨거운 짝사랑은 헐리웃의 젊은 남자 주역배우들과 여자 비극배우들에게 퍼부어졌다. 그들의 큼직한 천연색 초상화는 오누이의 방 안을 온통 뒤덮고 있었다.

　호텔에는 사랑해 볼 아무런 것도 없었다. 가족 손님들은 시커멓고 못생기고 게다가 식충이들이었다. 가냘픈 계집아이들은 버릇이 나쁘다고 야단을 맞으면서도 희한한 이쪽 식탁을 향하여 연신 고개를 비틀고 있었다. 떨어져 있기 때문에 그애들은 흡사 잘 짜인 무대를 보듯이 발길질의 전쟁과 태연한 얼굴 표정들을 한꺼번에 구경할 수 있었던 것이다.

　엘리자베스에게 있어서 아름다움이란 찌푸린 얼굴,

코집게, 포마드, 심심할 때 누더기로 즉흥적인 제작을 해보는 어처구니 없는 의상들에 대한 핑계거리에 지나지 않았다. 설사 그렇게 하여 아름다움을 갖추어 내는 데 성공하더라도, 그녀는 신명이 나서 열중하기는커녕 도회인의 낚시질이 노동 아닌 놀이인 것처럼, 연기 아닌 장난으로밖에 생각하지 않았다. 아이들은 곧잘 호텔 방을 비웠다. 아이들은 그 방을 형무소라고 불렀다. 그들이 방을 비우는 까닭은 서로의 애정이 멀어질 뿐 아니라 자기네들의 시정(詩情)도 마음에서 멀어져 가고, 게다가 마리엣 할머니처럼 자기들의 방을 존중하지 않는 데 있었다. 아이들은 장난이라도 하면서 그 감방에서 벗어나 있으리라 궁리했던 것이다.

방을 비워 두고 즐기는 장난은 식당에서 시작되었다. 제라르가 조마조마하는 것도 아랑곳없다는 듯 엘리자베스와 폴은 삼촌의 눈앞에서 장난에 골몰했다. 삼촌의 눈에는 어느 때에도 뒤에서 호박씨 까는 얼굴들이 보일 따름이었다.

장난이란 다른 것이 아니라 느닷없이 얼굴을 찌푸려 보임으로써 가냘픈 그 계집아이들을 혼내 주는 것이었다. 그러려면 특별한 기회의 도움을 기다려야만 했다.

한참 동안 겨냥을 하고 기회를 노린다. 금세 미끄러

질 듯 나른하게 의자에 앉아 있던 꼬마 계집애가 식구들이 안 보는 틈을 타서 이쪽 식탁으로 힐끗 눈길을 던진다.

엘리자베스와 폴은 미소를 보내 준다. 그러나 미소는 차츰 무섭게 찡그린 얼굴로 변한다. 기겁한 꼬마애는 얼굴을 돌린다. 몇 차례 이런 변을 당하고 보면 꼬마애는 영 기가 죽어서 눈물이 글썽글썽해지는 것이었다. 꼬마애는 엄마한테 하소연한다. 어머니가 이쪽 식탁을 바라보면 엘리자베스는 대뜸 상냥스레 미소한다. 어머니도 그녀에게 미소를 건넨다. 경을 친데다가 따귀마저 얻어맞은 희생자는 더 이상 옴쭉달싹도 못하게 되어버린다. 마침 됐다 하고 엘리자베스는 팔꿈치로 폴을 쿡 찔렀다. 미리 짜놓은 이 신호로 아이들은 왁 웃었고, 제라르도 그들과 함께 허리가 끊어지도록 웃어대는 것이었다.

어느 날 저녁, 무려 열두 번이나 찡그려 보여도 꼼짝 않고 천연스럽게 접시에 코를 파묻고만 있던 아주 작은 꼬마 여자아이가, 마침내 그들이 식탁을 떠날 무렵에야 아무도 안 보이게 혓바닥을 낼름 내밀어 보였다. 이 응수는 그들을 신명나게 하고 분위기를 결정적으로 풀어헤쳤다. 그들은 또 하나의 분위기를 도배해 낼 수 있었다. 사냥꾼들이나 골프 경기자들처럼 그들은 자기네의 성공을 되풀이하고 싶어서 죽을 지경이었다.

그들은 그 꼬마 여자아이를 찬양하고, 이런 장난에 대한 토의를 한 끝에 규칙을 더 복잡하게 정해 놓았다. 다른 아이들을 곯려주는 장난은 이리하여 한결 더 솜씨 있게 계속되었다.

제라르는 오누이에게 제발 좀 소리를 죽이고, 또 줄곧 물이 흘러나오는 수도꼭지를 꼭 잠가줄 것이며, 수도꼭지 아래다 머리를 들이댄 채로 세수하지도 말고, 의자를 휘두르거나 사람 살리라고 고함을 지르면서 옥신각신하거나 뒤쫓아다니지 말아달라고 신신당부하였다. 증오와 미친 듯한 웃음이 한꺼번에 뒤섞여 퍼졌다. 아무리 이 오누이의 표변(豹變)에 길들어져 있다고 하더라도, 곧잘 경련을 일으키는 이 두 토막이 합쳐져서 한 몸뚱이를 이루는 순간을 예상하기는 불가능한 일이었다. 제라르는 그러한 현상이 일어나는 것을 희망하기도 하고 또 두려워하기도 하였다. 그리고 이웃방 손님들과 삼촌 때문에 그것을 더욱 희망하고 있었다. 그러면서도 두려워하는 까닭은 그 현상이 엘리자베스와 폴을 동맹케 하여 자기와 대립시키지나 않을까 염려스러웠기 때문이었다.

오래잖아 장난은 확대되기 시작했다. 홀, 거리, 해변, 꽃밭, 어디 할 것 없이 장난의 영토는 퍼져갔다. 엘리자베스는 제라르에게 자기네들을 원조해야 한다고 억지를 썼다. 아귀찬 이 왈패들은 흩어졌다간 한데 어울려 줄달음치고, 기어다니다간 도사려 앉고, 미소를 띠다간 흉측하게 찡그리는 둥, 갖은 황당함을 다 엮어내는 것이었다. 식구끼리 온 손님들이 끌고다니는 아이들은 목이 뒤틀려지거나 입이 축 처지거나 눈알이 툭 튀어나오게 되었다. 부모들은 자기 집 아이들을 회초리로 때리고 엉덩이를 두들기며 산보를 금지하고 집 안에 가둬버렸다. 또 다른 무슨 재미가 발견되지 않는 한, 이러한 재앙은 도무지 끝을 모르는 채 퍼질 듯했다.

새로운 재미란 도둑질이었다. 감히 두렵다는 말을 입 밖에 내지 못하는 제라르는 오누이의 명령을 따랐다. 이 도둑질은 오직 도둑질이라는 동작, 그것만의 동기로 비롯된 것이었다. 이익이라거나 금단의 열매에 대한 취미라거나 하는 것은 조금도 섞여 있지 않았다. 무서워서 죽을 뻔했다는 것이면 그만이었다. 삼촌과 함께 들어간 가게에서 나올 때마다 아이들의 호주머니에는 한 푼의 가치도 없고 써먹을 데도 없는 물건들이 가득 찼다. 규칙은 쓸모 있는 물건의 도둑질을 엄금하였다.

어느 날, 엘리자베스와 폴은 제라르가 훔쳐온 한 권의 책을 돌려주어야 한다고 억지를 부렸다. 이유는 그 책이 프랑스 어로 씌어진 책이라는 것이었다. 제라르는 '아무거나 지독히 힘드는 물건'--엘리자베스의 호령이었다--'말하자면 물뿌리개 같은 것'을 훔쳐낸다는 조건으로 돌려주러 가는 일을 용서받았다.

가엾은 제라르는 오누이가 둘러씌운 큼직한 망토 차림으로, 넋은 천당에 가 있는 채 일을 마쳤다. 제라르의 태도가 워낙 어색한데다 물뿌리개 때문에 불쑥 튀어나온 혹 모양이 하도 괴이하고 터무니없어 미심쩍어하면서도 철물가게 주인은 붙잡으려 하지는 않고 한참 동안 그들의 뒷모습을 눈여겨보았다.

"걸어요! 걸으래도! 바보 같으니!"

하고 엘리자베스는 허덕이며 소곤댔다.

"우릴 바라보고 있잖아요!"

매우 위태로운 길목 모퉁이에 다다르자마자 그들은 숨을 푹 내쉬고서 부산하게 줄달음쳐 달아났다.

제라르는 그날 밤 꿈을 꾸었다. 개가 한 마리 나타나 어깨를 깨물었다. 그게 철물가게 주인이었다. 주인은 경관을 불렀다. 제라르는 잡혀갔다. 삼촌은 제라르의 상속권을 박탈하였다. 등등……

장물(贓物)—커튼 고리, 나사 돌리개, 전기 스위치, 짐표, 치수 40짜리 운동화 등—은 호텔의 방 안에 쌓여 있었다. 이것들은 일종의 여행용 보물이었고, 진짜를 금고에 넣어두고 쏘다니는 여인네들의 가짜 진주와도 같은 것이었다.

범죄라도 해치울 듯 성급하고 무엇이 옳은지 그른지조차 분간하지 못하는 무지한 아이들의 이러한 행실을 파헤쳐 보면, 엘리자베스의 경우는, 그녀가 두려워하는 폴의 범속한 경향을 이런 도둑질 장난으로나마 다시 바로잡아 보려는 본능이 그 바탕을 이루고 있었다. 몰리고 겁에 질린 폴은 얼굴도 찡그리고 줄달음도 치고 욕지거리도 제법 해대면서, 다시는 천사처럼 멍하게 웃는 일이 없었다. 엘리자베스가 이러한 재교육의 직관적 방법을 어디까지 추진하였는지 이제 알게 될 것이다.

멀거니 쳐다보기만 하던 바다의 소금기 덕택에 그들은 기운이 솟았고 거동도 팔팔해져서 돌아왔다. 마리엣 할머니는 몰라보게 달라진 그들을 맞아들였다. 아이들은 그녀에게 브로치를 하나 선사하였다. 브로치는 훔쳐낸 물건이 아니었다.

7

오누이의 방이 외해(外海)에 나선 것은 모름지기 이 날부터였다. 돛 폭은 한결 넓었고, 균형은 한층 더 위태로웠으며 물결은 보다 높았다.

아이들의 별스러운 세계에서는 물 위에 가만히 누워 있을 수도 있고 날쌔게 갈 수도 있었다.

아편의 완만함과 흡사하게, 이곳에서의 완만함은 속도의 기록과 마찬가지로 위험스러운 것이었다.

삼촌이 여행을 가거나 공장을 시찰하러 나갈 때마다 제라르는 몽마르트 거리에 머물렀다. 그는 쿠션을 쌓아 올린 잠자리에서 자고 낡은 외투들로 덮어씌워졌다. 정면에는 오누이의 침대가 마치 무대처럼 그를 내려다보고 있었다. 이 무대의 조명이 발단이었고, 그에 따라 연극이 벌어지는 것이었다. 사실, 불은 폴의 침대 위에 켜져 있었다. 폴이 붉은 무명 조각으로 불을 흐리게 해놓는다. 붉은 무명천은 방 안을 불그레한 빛으로 채워 엘

리자베스는 아무것도 또렷이 볼 수 없다. 그녀가 발끈
하여 벌떡 일어나서 붉은 무명을 벗겨버린 것을 폴은
다시 씌워 놓는다. 무명 천을 서로 잡아당기는 싸움이
한바탕 벌어지고 나면, 프롤로그는 폴의 승리로 막을
내린다. 폴은 누이를 마구 혼내주고 불을 다시금 가려
버리는 것이었다. 그건, 바닷가를 다녀온 후부터 폴이
누이를 지배하게 되었기 때문이었다. 폴이 자리에서 일
어나게 되고 폴의 성장을 인식하였을 때, 엘리자베스가
느꼈던 그 두려움은 과연 근거가 있었다. 폴은 이미 병
자의 역할을 맡으려 하지 않았다. 호텔에서의 그 정신
요법은 목적을 지나쳐 버렸다.

  그녀가,

  "이분께선 뭐든지 그저 다 '아주 비위에 맞는 거'래나
요. 영화도 거참 아주 '비위에 맞다', 책도 아주 '비위에
맞다', 음악도 아주 '비위에 맞다', 석류술이건 엿물이건
그저 아주 '비위에 맞다'예요. 저봐요, 지라프, 아유 징
그러워! 재 좀 봐요! 재 좀! 혓바닥으로 핥잖아요! 저
송아지 같은 목을 좀 봐요!"

하고 말해 보아도 도무지 부질없는 일이었다. 아무래도
이제는 젖먹이가 아닌 다 자란 한 사나이라고 느끼지
않을 수 없었다. 키를 견주어 보아도 폴은 머리 하나가

더 컸다. 방도 또한 그것을 뚜렷이 가르쳐 주었다. 위쪽은 폴 차지다. 그래서 그는 조금도 힘들이지 않고 꿈의 소도구들에 손이나 눈길이 닿을 수 있었다. 아래쪽이 엘리자베스의 차지여서, 그녀는 자기의 소도구가 필요할 때마다 마치 야밤중에 요강을 찾는 궁상으로 여기저기 들치고 기어들고 하지 않으면 안 되었다.

그러나 오래지 않아 그녀는 형구(刑具)를 궁리해 내어 빼앗겼던 우월을 도로 찾았다. 아직껏 사내아이들의 무기를 들고 싸워 온 그녀였지만, 이제부터는 언제든지 쓸 수 있게 된 아주 싱싱한 여성의 솜씨를 부리기 시작한 것이다. 그녀는 구경꾼이 한 사람쯤 있는 게 도움도 될 게고, 누가 보고 있으면 폴의 괴로움도 한결 뼈에 사무칠 거라고 짐작하였다. 제라르를 반겨 맞이하게 된 까닭은 바로 이 때문이었다.

이 방의 극장은 밤 11시에 막을 올렸다. 일요일을 제외하고는 마티네(주간흥행)가 없었다.

열일곱 살 난 엘리자베스는 역시 열일곱 살로 보였으나 폴은 열다섯 살인데도 열아홉 살쯤으로 나이들어 보였다. 그는 곧잘 나들이를 갔다. 여기저기 쏘다녔다. '아주 비위에 맞는' 영화도 보러 가고, 아주 '비위에 맞는' 음악도 들으러 다니며, 아주 '비위에 맞는' 여자애들의 꽁무니를 쫓기도 했다. 그런 여자애들이 매춘부일수록, 그리고 그녀들이 자기를 끌면 끌수록 그는 그 여자애들을 '비위에 맞는다'고 여기는 것이었다.

집에 돌아오면 그는 겪은 일들을 하나하나 들려주었다. 그런 이야기에는 언제나 원시적이며 미치광이 비슷한 솔직함이 깃들어 있었다. 조금도 악덕이 엿보이지 않는 이 솔직함은 그의 말투에 따라 시니시즘(파렴치)의 정반대, 순진성의 절정이었다. 누이는 꼬치꼬치 캐묻고, 비웃고 구역질을 하였다. 그러다간 갑자기 사소한 대목을 두고 발끈 골을 내는 것이었지만, 아무도 비위를 상할 만한 문제가 못 되는 것을 가지고 그렇게 골을 내는 것이었다. 그럴 때면 한껏 정색을 하고선 아무 신문이나 주워 들고 활짝 편 신문으로 몸을 가린 채 꼼꼼히 읽어대곤 하였다.

으레 폴과 제라르는 밤 11시와 12시 사이에 몽마르트의 비어홀 테라스에서 만났다. 그러고서 함께 돌아오는 중이었다. 엘리자베스는 잘 들리지 않는 정문 여닫는 소리에 잔뜩 귀를 기울이다간 애가 타서 현관을 이 구석 저 구석 성큼성큼 맴돌곤 하였다.

정문에서 들려오는 소리가 그녀에게 지금의 위치에서 물러서도록 일러준다. 그녀는 방 안으로 뛰어들어가서 걸터앉아 손톱가위를 집어든다.

소년들이 들어와 보니 그녀는 머리망을 쓰고 혀를 비쭉 내민 채 부지런히 손톱을 다듬고 있는 중이다.

폴이 옷을 벗으려 하자 제라르는 실내복을 찾아다 준다. 폴을 적당한 데다가 세워 놓고 부축해 준다. 그러면 이 방의 정령(精靈)은 딱딱딱 하고 개막의 군호를 울리는 것이었다.

다시 한 번 말해 두지만 이 극장의 주역배우들은 그 어느 누구도, 심지어 관객의 소임을 맡은 사람조차도 하나의 역을 맡아 연출한다는 의식은 결코 없다. 그들의 연극이 영원한 청춘으로 머물러 있는 까닭은 바로 이러한 원시적인 무의식 때문이었다. 그들 자신은 깨닫지도 못하고 있는 동안에, 그들의 연극(원한다면 방이라고 하여도 좋다)은 신화의 기슭에서 균형을 잡고 있었던 것이다.

붉은 무명천은 진홍빛 어둠으로 무대장치를 적셨다. 폴은 발가벗은 채 쳇바퀴를 돌면서 잠자리를 고치고 이불의 구김살을 펴놓으며 베개로 파수막을 쌓아올리는 등, 지저분한 자기 세간들을 의자 위에 벌여놓았다. 엘리자베스는 왼쪽 팔꿈치를 괴고 입술을 얄팍하게 다물고선 데오도라처럼 심각한 얼굴로 동생을 뚫어지게 노려본다. 그러다가 오른손을 들어 상처가 날 때까지 마구 머리를 긁어댄다. 다음엔, 베갯머리 위에 놓아둔 포마드통에서 크림을 조금 덜어내 상처에다 문질러 준다.

"바보 계집애!"

폴이 한 마디 터뜨리고선 덧붙인다.

"이 바보 계집애 주제하고 또 저 크림꼴처럼 징글맞은 건 없어. 어쩌다가 신문에서, 미국 여배우들은 상처가 나면 그 자리에다 포마드를 바른다는 걸 읽었거든. 그걸 이 바보 계집앤 머리가죽도 좋아지는 거라고 믿고 있는 거야, 제라르!"

"뭐야?"

"내 말 듣고 있니?"

"그럼."

"제라르 그거 듣고 또 나머지 친절이 있잖아요. 자요, 인제 이 놈팡이 말일랑 그만 듣고."

폴은 입술을 깨문다. 그의 눈이 불타오른다. 침묵이 흐른다. 눈꼬리가 길게 찢어진 엘리자베스의 눈매, 엄숙하고도 젖어 있는 듯한 눈초리가 지켜보는 아래에서, 마침내 폴은 자리에 드러누워 이불 끝을 접고 목언저리의 위치를 잡으려 든다. 그러다간 벌떡 일어나서 이불을 훌쩍 젖혀버린다. 잠자리가 제 비위에 꼭 들어맞게 아늑하지가 않았던 것이다.

그러나 제 비위에 한 번 맞기만 하면 그때는 어떠한 힘도 폴을 그 위치에서 옮겨내지 못하였다. 그는 그저 드러누워 있는 것만이 아니었다. 미라가 되어 향기를 풍기는 것이었다. 가느다란 끄나풀과 양식과 신성한 장식품에 둘러싸여 그는 망령의 나라로 떠나가는 것이었다.

엘리자베스는 자기의 등장을 결정하는 준비가 다 이루어지기를 기다리고 있었다. 4년 동안이나 이 아이들이 줄거리를 미리 짜두지 않고서도 매일밤 연극을 연출할 수 있었다는 것은 사실상 믿지 못할 일인 듯하기도 하다. 그것은 약간의 수정(修正)을 빼놓고는 노상 똑같은 연극이 되풀이되었기 때문이다.

필경 이 무지한 영혼들은 어떠한 눈에 보이지 않는 질서를 따름으로써 흡사 밤이면 꽃잎을 닫아버리는 신비한 조작(操作)처럼 도무지 알 수 없는 조작을 해치우고 있는 것 같기도 하였다.

수정을 하는 것은 엘리자베스였다. 그녀는 엉뚱한 일들을 곧잘 만들곤 하였다. 언젠가는 포마드통을 팽개쳐버리고 마룻바닥까지 몸을 구부리더니 침대 밑에서 유리로 만든 샐러드 접시를 꺼내 들었다. 접시에는 새우요리가 들어 있었다. 사뭇 먹고 싶은 눈초리를 새우요리와 동생에게 번갈아 던지면서, 그녀는 접시를 가슴에 꼭 껴안고 드러난 고운 팔로 접시 둘레를 쌌다.

"제라르, 새우 하나 어때요? 그럼요, 정말이야! 이리로 와요, 이리로, 혓바닥이 다 녹는 것 같애."

그녀는 폴이 후추와 설탕, 겨자 같은 것을 즐겨 한다는 사실을 알고 있었다. 폴은 그런 것들을 빵에도 발라 먹었다.

제라르는 몸을 일으켰다. 그는 이 처녀가 토라질까 봐 조마조마하였다.

"더럽다!"
하고 폴이 뇌까렸다.

"새우도 질색이고 후춧가루도 질색하는 계집애가 흥, 기를 쓰고 덤비는구나. 혓바닥이 다 녹는다고 억지 시늉을 내보이고."

새우요리를 가지고 하는 이러한 장면은 끝끝내 견디지 못해 굴복해 버리는 폴이 제발 하나만 달라고 애원하는 데까지 질질 끌게 마련이었다. 그때부터 그녀는 폴을 마음대로 휘어잡고서 자유자재로 폴의 입맛을 실컷 곯려주었다.

"제라르, 열다섯이나 된 놈팡이 녀석이 새우 하나만 달라고 연신 고개를 꾸벅꾸벅 숙이는 것보다도 더 가련

한 꼴이 있어요? 이러단 두고보세요, 양탄자라도 핥으래문 핥고 제 발로 엉금엉금 기어다니기라도 할 거예요. 안 돼요, 갖다주면 안 돼, 제가 일어서서 제 발로 걸어와야 할 게 아니야! 아이, 치사해. 도대체 키만 멀쑥하게 커다란 계집애 꼴을 하고선, 꼼짝하긴 싫다고 뻗대고, 뱃속에선 벌레가 요동을 치는데도 좀 애를 써서 얻어보려고도 안 하는 주제가 어딨어? 새우를 안 주는 건 재 하는 꼴이 너무 창피해서 그러는 거야……."

신탁(神託)이 연이어 내렸다. 엘리자베스가 신탁을 내리는 것은 그녀에게 신이 들려 세발걸상 위에 앉아 있는 듯한 기분이 나는 밤뿐이었다.

폴은 귀를 틀어막거나 그렇지 않으면 아무 책이나 집어들고 큰 소리로 읽어댔다. 생시몽·샤를르·보들레르 등이 참석의 영광을 누렸다.

신탁이 끝나면 곧 폴은,

"들어봐, 제라르!"

하고선 목청을 돋우어 낭독을 계속했다.

내 사랑하노라

그녀의 악취미를

야릇한 그 치마를

절름발이 큼직한 그 어깨걸이를
길을 잃어 헤매는 그녀의 말〔語〕을
그리고 좁다란 그녀 이마를.

기막힌 이 1절을 읊으면서도 폴은 이 시가 이 방과
엘리자베스의 아름다움을 꾸며주는 것이라고는 깨닫지
못했다.

엘리자베스는 벌써부터 신문을 움켜쥐고 있었다. 그
녀는 폴의 목소리를 흉내내면서 신문기사를 읽어댔다.
폴은,

"그만해, 그만!"
하고 악을 썼으나, 누이는 목청껏 고래고래 소리지르며
계속하는 것이었다.

마침내 잔뜩 정신이 팔린 엘리자베스가 신문에 가려
못 보는 틈을 타서 팔을 뻗친 폴은 제라르가 채 막아낼
겨를도 없이 있는 힘을 다해서 누나에게 우유를 내던졌
다.

"날도둑놈! 미치광이!"
온통 화가 난 엘리자베스는 숨이 콱 막히는 것 같았
다.

신문은 젖은 걸레처럼 그녀의 살결에 찰싹 달라붙고

우유방울은 사방팔방으로 뿌려졌다. 그러나 그녀가 울음보를 터뜨리기를 폴이 잔뜩 빌고 있는 것을 알아채고 엘리자베스는 꾹 참기로 하였다.

"이봐요, 제라르."

하고 그녀가 말했다.

"좀 거들어 줘. 수건 좀 주세요. 여기 닦게. 신문은 부엌에 갖다버려요. 난."

하고 그녀가 중얼거렸다.

"마침 새우를 내줄 셈이었는데……. 새우 하나 들겠어요? 조심해, 우유가 흐르니까. 수건 가져왔어요? 고마워."

다가든 졸음을 가로질러, 새우라는 테마의 재연출이 폴을 찾아들었다. 이제는 새우도 달갑지 않았다. 그는 떠나갈 차비가 되어 있었다. 떨어져 나간 입맛이 그의 짐을 풀어헤쳐 주었고, 손발을 한데 묶은 채 죽음들의 흐름에 그를 내던져 놓은 것이었다.

폴을 훼방놓기 위하여 엘리자베스가 있는 머리를 다 짜내는 것은 바로 이러한 때였다. 하는 수 없이 재워두긴 하지만 한참 있다가 몸을 일으킨 그녀는 폴의 침대로 다가가서 샐러드 접시를 그 무릎 위에 얹어놓았다.

"엣다, 식충아, 난 심술꾸러기가 아니야, 네 새우 여기 있다."

가엾은 폴은 무거운 머리를 졸음 위로 치켜들었다. 눈은 달라붙은 채 부어오르고, 입은 이미 인간의 공기를 호흡하고 있지 않았다.

"자, 먹어라. 먹고 싶다더니 먹고 싶지 않니? 먹어, 안 먹으면 가버린다."

그러자 마치 이승과의 마지막 접촉을 아쉬워하는 목 베인 사람처럼 그가 입을 열었다.

"보지도 않고 어떻게 곧이 듣니? 응! 폴! 응, 자, 네 새우 여겼다!"

그녀는 새우껍질을 벗겨서 그의 잇사이로 살을 밀어 넣었다.

"앤 꿈결에도 오물오물 씹고 있어! 어마, 이것 좀 봐, 제라르! 이것 좀 봐, 우습기도 해라. 이런 식충이도 다 있을까! 얼마나 모자라면 저럴까!"

그리고서 전문가처럼 재미가 붙은 모습으로 시중을 계속하며, 콧구멍을 벌름거리고 혀를 널름널름 내미는 것이었다. 정색하고 꾸준하게, 꼽추 모양의 그녀는 죽은 아이에게 한참 무엇을 먹이고 있는 광녀의 모습과 흡사했다. 이 교훈적인 장면을 본 데서 제라르의 머리에 남은 것이라곤 오직 한 가지, 엘리자베스가 자기에게 말을 완전히 놓았다는 것뿐이었다.

이튿날 제라르는 그녀에게 제 편에서도 말을 놓아 보았다. 따귀라도 얻어맞지 않을까 조마조마했지만 그녀는 두말없이 놓은 말로 응수했다. 제라르는 거기에서 유별난 애정을 느꼈다.

8

이 방에서 밤은 새벽 4시까지 계속되었다. 따라서 잠을 깨는 것도 늦어지게 마련이었다. 11시쯤 해서 마리엣 할머니가 우유를 섞은 커피를 들여왔다. 아이들은 커피를 바로 마시지 않았고 그러다가 다시 잠이 들어버리는 것이었다. 또다시 깨어나 보면 싸늘하게 식어버린 우유 섞은 커피는 마시고 싶지가 않았다. 세번째 깨어날 땐 이제는 일어날 맛조차 없다. 우유를 넣은 커피는 찻잔 속에서 엉겨붙었 있을 것이다. 그런 때 제일 좋은 방도는 조금 전에 열린, 아래층 카페 샤를로로 마리엣 할머니를 내보내는 것이었다. 그녀는 거기서 샌드위치와 아페리티프(식사 전에 마시는 해장 음료)를 올려 왔다.

브르타뉴 태생의 이 할머니는 자기 솜씨로 가정 요리를 만드는 편을 물론 더 좋아했지만, 자기가 해오던 요리 방식조차 단념하고 이 아이들의 엉뚱한 변덕을 기꺼이 받아주었다.

　그러나 때때로 아이들을 몰아세워 식탁에 앉게 하고
선 억지 시중을 들기도 하였다.

　엘리자베스는 잠옷 위에 외투를 걸치고, 팔꿈치를 세
워 한 손으로 턱을 괸 채 꿈결처럼 멍하니 앉아 있었
다. 그녀의 포즈는 모두 과학 잡지·농업 잡지·월보
(月報) 따위에 실리는 여인들의 모습을 흉내낸 것이었
다. 폴이 거의 벌거벗은 채로 의자 위에서 그녀에게 기
대고 있었다. 막간(幕間)을 이용하여 밥을 퍼담는 룰로
트(살림을 하는 마차)의 한길가 광대들처럼, 오누이는
잠자코 식사를 하였다. 한낮은 그들을 무섭게 짓눌렀
다. 텅 빈 듯한 한낮이었다. 하나의 흐름이 그들을 이끌
어 갔다. 밤을 향해, 방을 향해 거기에서 그들은 인생을
다시 시작하는 것이었다.

　마리엣 할머니는 난장판의 무질서를 묵인하면서도 말
끔히 청소할 줄 알았다. 4시부터 5시까지 그녀는 속옷
창고로 변해 버린 구석방에서 바느질을 하였다. 저녁이
되면, 한밤중의 밤참을 차려놓고서 자기 집으로 돌아갔
다. 그 시각쯤 폴은 보들레르의 소네트(14행의 시) 비
슷한 창부들을 찾아 인적이 뜸한 거리를 헤맸다.

　혼자서 집에 남은 엘리자베스는 가구들 틈에서 거만
하게 버티고 있었다. 나들이는 깜짝 놀랄 물건들을 사

러갈 때뿐이었고, 부리나케 돌아와선 그것들을 감추어
두는 것이었다. 그녀의 마음속에 지금도 살고 있는 어
머니와는 아무런 상관도 없이, 어떤 한 여인이 죽어버
렸던 그 밤 때문에 뒤숭숭해진 가슴이 답답하여, 그녀
는 이 방에서 저 방으로 서성거렸다.

　해가 지면 뒤숭숭한 마음은 점점더 심해졌다. 그럴
때면 그녀는 어둠이 밀려드는 그 방으로 들어갔다. 그
녀는 방 한복판에 우뚝 섰다. 방은 점점 더 어두워지고
더 깊숙이 잠겨 들어갔다. 눈을 부릅뜨고 두 손을 축
늘어뜨린 고아 소녀는 현상(舷上)의 선장처럼 우뚝 선
채로 삼켜져 갔다.

9

세상에는 이성적인 사람들을 어리둥절하게 하는 이러
한 집들과 이러한 삶들도 있다. 두 주일도 채 계속될수
있을까 하고 여겨지는 무질서가 여러 해 동안이나 계속
될 수 있었다는 것을 이성적인 사람들은 이해하지 못할
것이다. 그런데도 무언지 정체를 알 수 없는 이런 집들
과 이런 삶들은 허다하게 그리고 불법적으로 온갖 바라
는 것과는 어긋난 채 곧잘 떳떳이 버티고 있는 것이다.

그러나 이성이 틀림없다는 점은 이러한 사상(事象)이
비록 하나의 힘이라 하더라도 그 힘은 이러한 사상으로
하여금 전락을 향하여 서둘러 가게 한다는 점이다.

유별난 존재들과 또 그들의 사회적 행동은 그런 존재
들과 그들의 행동을 추방하는 허다한 사람들에게는 오
히려 하나의 매력일 수 있다. 비극적이며 가벼운 그러
한 영혼들이 호흡하는 회오리바람의 속도는 사람들을
괴롭게 한다. 따지고 보면 이런 것은 어린애들의 장난

에서부터 비롯하는 것이다. 애당초엔 모름지기 장난으로밖에 보이지 않는 것이다.

그리하여 결코 여리어지지 않는 강도와 한결같이 단조로운 리듬으로 3년의 세월이 몽마르트 거리를 지나갔다. 언제나 앳된 그대로 남아 있는 엘리자베스와 폴은 두 요람에 담긴 쌍둥이처럼 삶을 계속하였다. 제라르는 엘리자베스를 사랑하고 있었다. 엘리자베스와 폴은 서로 깊이 사랑하면서도 서로의 마음에 상처를 입히고 있었다. 두 주일마다 한 번씩 엘리자베스는 한밤중의 장면 끝에 짐을 꾸리고서는 이제부터 호텔에 가서 살겠노라고 선언했다.

변함없이 광포한 밤, 변함없이 텁텁한 아침녘, 아이들이 표류물처럼 한낮의 두더지처럼 되어버리는 변함없이 기나긴 오후, 엘리자베스와 제라르는 곧잘 함께 나들이를 갔다. 폴은 자기의 쾌락을 찾아다녔다. 그러나 그들이 보고 듣는 것은 자기만의 것이 아니었다. 굽힐 수 없는 법률의 시중꾼인 그들은 그것을 방으로 날라오는 것이었다. 거기서 꿀이 만들어졌다.

인생이 하나의 투쟁이라는 것, 자기들은 금제품(禁製品)으로서 존재하고 있다는 것, 운명이 그들을 묵인하여 주며 눈감아 주고 있다는 생각은 한 번도 이 가난한 고아들의 머리에 떠오르지 않았다. 그들의 의사 선생님과 제라르의 삼촌이 자기들을 먹여 살리고 있다는 사실도 아이들은 예삿일로 여기고 있었다.

부(富)가 하나의 재능이라면 빈궁 역시 마찬가지다. 벼락부자가 된 가난뱅이는 호사스러운 빈궁을 내보일 것이다. 오누이는 어떠한 부로써도 그들의 생활을 변하게 할 수 없을 만큼이나 부유하였다. 부는 그들이 잠을 자는 사이에나 찾아들 수 있었다. 깨어나 보면 그들은 전혀 깨닫지 못했었다.

그들은 안이한 생활, 안이한 관습을 반대하는 편견을 부정하였다. 그러면서 자기도 모르게, 어느 철인이 말한, '일을 하는 데서 낭비되는 순응성 있고 경쾌한 생명의 찬탄할 힘'을 곧잘 쓰고 있었다.

앞날의 계획이라든지 학업·직위·취직 운동 같은 것은 호사하는 개가 양떼지기를 해볼까 하는 엄두를 내지 않는 것과 마찬가지로 그들의 관심사가 아니었다. 신문에서도 범죄기사만을 골라 읽는 그들이었다. 틀에 끼일 수 없는 족속들이었다. 뉴욕과 같은 하나의 병영(兵營)이 파리에나 가서 살라고 감원(減員)해 버릴 족속들이었다.

　그런고로 제라르와 폴이 엘리자베스에게서 인식한 난데없는 태도도 역시, 무슨 실제적 질서가 있는 사려에서 우러나온 것이 아니었다.

　그녀는 직장을 갖고 싶다고 했다. 하녀와 다름없는 이런 생활은 이제 지긋지긋하다, 폴도 제 좋은 대로 하는 게 좋다, 엘리자베스 자기로 말하면 열아홉 살이나 되었는데 갈수록 몸이 축나기만 한다, 이렇게는 하루도 더 계속하지 못하겠다는 것이었다.

　"넌 이해할 거야, 제라르."

하고 그녀는 되풀이하였다.

　"폴은 빈둥빈둥 놀고 있잖니. 게다가 몸도 시원찮고 도무지 아무 짝에도 쓸모없는 바보거든. 혼자서라도 내가 어떻게 해보지 않음 누가 해주겠니? 그런데다가 만약 나조차도 벌이를 안 해 버린다면 얘가 무슨 꼴이 되겠어? 아무래도 벌이를 해야겠어. 일자리를 찾아볼 테야. 그러지 않음 안 돼."

　제라르는 이해할 수 있었다. 지금 막 이해하게 된 참이었다. 미지의 모티프가 이 방을 장식하고 있었다. 미라의 향기를 풍기면서 폴은, '떠나갈' 차비가 다 된 채로 정색한 말투로 톡톡 내뱉어 놓는 이 새로운 모욕을 귀담아 들었다.

"가엾은 애야, 앤."

그녀가 계속하였다.

"누가 옆에서 꼭 도와주지 않음 안 되는 애야. 너도 알고 있겠지만, 앤 아직도 몸이 퍽 좋지 못해. 의사 선생님……(아냐, 아냐, 지라프 앤 잠들었어) 의사 선생님 말씀 듣곤 걱정 안할 수도 없어. 글쎄 생각 좀 해봐. 오죽하면 눈뭉치 하나 얻어맞고서 나동그라지고 공부를 그만 집어치우겠니? 그렇다고 애 잘못은 아니야. 나도 애를 나무라진 않아. 그렇지만 내가 병신애를 돌봐주고 있다는 건 틀림없잖니."

(치사한 년! 아유, 치사해!)

폴은 여전히 잠자는 체하면서 생각했다. 그의 흥분은 곧장 얼굴의 씰룩거림으로 나타나고 말았다.

엘리자베스는 그를 살피고서 입을 다물었다. 그러다가 익숙한 고문자처럼 다시금 의견을 물어보기도 하고 폴이 가엾다고 넋두리를 늘어놓았다.

제라르는 폴의 안색이 좋을 뿐만 아니라 키도 훌쩍 몰라보게 컸고 또 기운도 세어졌다는 점을 들어 그녀를 반박하였다.

엘리자베스는 폴이 본래부터 약질인데다가 망측한 식탐을 내며, 툭하면 무기력 상태에 빠진다는 점을 내세워 응수했다.

아무래도 참을 수 없어진 폴이 몸을 뒤척이면서 금세 잠에서 깨어난 시늉을 하노라면 엘리자베스는 상냥한 목소리로 무얼 먹고 싶냐고 묻고선 말머리를 돌려버리는 것이었다.

폴은 열일곱 살이었다. 열여섯 살 때부터 스무 살쯤은 들어 보였다. 새우나 설탕으론 이제 충분치 못했다. 누이는 음성을 높이기로 하였다.

잠잔다는 핑계를 대다 보니 너무나 불리한 입장에 놓여진 바람에 폴은 차라리 한바탕 아귀싸움이라도 치르는 편이 좋을 듯싶었다. 그래 버럭 고함을 질렀다. 엘리자베스의 넋두리는 대뜸 욕지거리로 변했다. 폴이 게으름을 피우는 건 흉악하고도 더러울 지경이다, 누이인 자기를 거의 죽일 듯이 부려먹는다, 앞으로도 꼼짝 않고 누이가 길러주기만 바랄 것이라고 했다.

엘리자베스는 이 욕지거리 대신, 저만 잘났다는 허풍선이인데다 지겹기 짝이 없고, 주변머리 없는데다 형편 없는 바보가 되었다.

폴이 그렇게 응수하고 보니 엘리자베스는 말을 행동으로 옮기지 않을 수가 없었다. 그녀는 제라르를 붙들고 늘어져서, 제라르가 여주인을 잘 안다는 큰 양장점에 자기를 소개시켜 달라고 신신 당부하였다. 점원이 되겠다는 것이었다. 일을 하겠다는 것이었다.

제라르는 그녀를 데리고 가서 양재사를 만나보게 했다. 양재사는 엘리자베스의 아름다움에 눈이 휘둥그래졌다. 그러나 애석하게도 점원 일에는 외국어의 지식이 필요했다. 엘리자베스는 마네킹으로밖에 채용될 수 없었다. 이 양장점에는 그 전부터 아가트라는 고아 처녀가 일을 하고 있었다. 그래서 여주인은 이 처녀를 아가트에게 맡기리라 생각했다. 그렇게 하면 이 처녀도 이 집 환경에 대해서 겁내지 않게 될 것이다.

점원? 마네킹? 엘리자베스는 조금도 차별을 두지 않았다. 오히려 마네킹이 되라는 권유는 무대 데뷔를 하게 하는 셈이었다. 계약은 당장에 맺어졌다.

이 성공은 또다시 기묘한 결과를 가져왔다.

(폴은 이젠 골탕먹는 거지 뭐.)

하고 그녀는 짐작했던 것이다.

그런데 예상했던 희극판은 그림자도 없고, 오히려 어떻게 된 예방약이 작용한 셈인지 폴은 지독히 화가 나서 손짓발짓 다 섞어가며, 그런 천덕꾸러기의 동생 노릇은 아예 싫고, 차라리 그녀가 길가에서 손님을 끄는 매춘부가 되는 게 더 좋겠다고 마구 악을 써댔다.

"길가에서 널 만날 게 아니니? 싫다, 얘, 그런 건."

엘리자베스도 맞장구를 쳤다.

"게다가……."

하고 폴은 코웃음치며 말했다.

"넌 네 얼굴이나 똑똑히 보고 그러는 거니, 이 가엾은 계집애야. 네 꼬락서닐 보고서 우스꽝스럽지 않게 여길 사람은 하나도 없을 거야. 겨우 한 시간만 지나면 엉덩이에 발길질이나 맞고 쫓겨날걸. 마네킹이라고? 흥, 번지가 틀렸어, 허수아비로나 지원했으면 딱 알맞을 주제에."

마네킹들의 방은 쓰라린 시련 장소였다. 학교에 들어간 첫날의 괴로움, 짓궂은 학생들의 익살맞은 장난이 거기서 다시금 되살아나는 것이었다.

엘리자베스는 끝없이 긴 반음영(半陰影)을 지나서 스포트라이트에 비취며 고문대 같은 발판에 올라섰다. 자기가 못생겼다고만 믿고 있는 엘리자베스는 최악의 사태를 각오하고 있었다. 어린 동물 같은 희한한 그녀의 아름다운 모습은 얼굴을 색칠한, 지쳐빠진 마네킹들의 마음에 상처를 냈다.

그러나 그녀의 아름다움은 그들의 비웃음마저 얼어붙

게 하였다. 모두 그녀를 부러워하고 외면했다. 이렇게 외톨이로 돌려 세워지는 것이 날이 갈수록 너무나 마음 아팠다. 엘리자베스는 동료들을 흉내내려 들었다. 그녀들이 마치 공개 설명이라도 요구하는 듯이 관중에게 다가가서는 관중의 면전에 이르자마자 사뭇 깔보는 듯한 태도로 휙 등을 돌려버리는 걸음걸이를 꼼꼼히 살펴보기도 하였다. 아무도 그녀에게 어떤 의상이 알맞을지 알 수 없었다. 그녀의 아름다움을 눌러버리는 수수한 옷들이 입혀지곤 하였다. 그녀는 아가트의 대역(代役)을 맡아보기로 정해졌다.

엘리자베스에게는 여태까지 미지의 것이라고 할 숙명적이고 흐뭇한 우정이 이리하여 두 고아 처녀를 잇게 하였다. 그녀들은 괴로움이 서로 비슷했다. 의상을 갈아입는 사이마다 하얀 블라우스를 입은 채로 모피 외투의 무더기에 털썩 주저앉아선, 책과 정담을 주고받았고 서로의 마음은 따뜻해졌다.

그리하여 공장의 지하실에서 만들어진 부분품이, 맨 위층에 있는 직공의 손으로 만들어낸 부분품과 꼭 들어맞는 그러한 방식으로 아가트는 거침없이 오누이의 방에 들어서게 되었다.

엘리자베스는 동생에게서 약간의 저항이 있기를 바

랐다.
　"걘 이름도 구슬알 같단다."
하고 그녀는 미리 퉁겨 보았다. 폴은 그거 참 훌륭한
이름이다, 이 세상에서도 제일 아름다운 시 중의 하나
에 나오는 프레가트(쾌속범선)와 운(韻)이 척 들어맞잖
니, 하고 선뜻 말했다.(아가트라는 이름은 동시에 마노
구슬을 말하는 명사임)

10

제라르를 폴에게서 엘리자베스로 이끌어 놓았던 메카니즘은 아가트를 엘리자베스에게서 폴로 이끌었다. 이것은 전자의 경우보다도 한결 이해하기 쉬운 것이었다. 폴은 아가트와 한자리에 있을 때마다 기분이 들떴다. 분석하는 데 도무지 익숙지 못한 그는 '비위에 맞는 것'의 하나로서 이 고아 처녀를 분류해 놓았다.

그런데도 그는 다르즐로 위에 쌓았던 꿈의 혼돈된 덩어리들을 자기도 모르게 아가트 위로 금세 옮겨 놓으려 했다.

어느 날 저녁, 처녀들이 방에 들렀을 때 폴은 이 사실에 대해서 벼락 같은 계시를 받았다.

엘리자베스가 보물이라는 물건들을 실지로 보여주며 설명하고 있을 때였다. 아탈리의 사진을 빼앗아 들며 아가트가 부르짖었다.

"어머나, 내 사진을 가지고 있니?"

그녀의 목소리가 하도 컸기 때문에 폴은 안티노에의 젊은 크리스찬들처럼 팔꿈치를 짚고 몸을 일으키면서 예의 석관(石棺)에서 얼굴을 쳐들었다.

"그게 왜 네 사진이니?"

하고 엘리자베스가 물었다.

"참, 그렇구나, 의상이 달라. 그런데 도무지 그런 것 같지 않거든. 이 다음에 내 사진을 가져올게 보렴. 글쎄, 판에 박은 듯이 똑같잖니. 이건 나야, 나. 누구니, 이 사람?"

"놈팡이지 뭐, 콩도르세 앤데 말야, 얘가 폴을 눈뭉치로 갈겼어……. 정말 너 비슷하다, 얘. 아주 똑같애. 폴, 아가트가 얘하구 닮지 않았니?"

터져날 구실만을 벼르고 있던 보이지 않는 흡사(恰似)는 퉁겨지자마자 터져버렸다. 제라르는 다르즐로의 불길한 옆얼굴을 다시 보았다. 폴에게 돌아선 아가트가 하얀 인화지를 휘둘러 보이자, 폴은 눈뭉치를 휘둘러 치려는 다르즐로를 진홍빛 그늘 속에서 보고, 그때와 다름없는 주먹의 일격을 꽝 하고 얻어맞았다.

그는 고개를 도로 떨어뜨렸다.

"아냐, 안 그래."

하고 그는 꺼질 듯한 목소리로 말했다.

"사진이 비슷한 거야. 거긴, 거긴 걔 닮지 않았어."

이 거짓말은 제라르를 불안케 하였다. 닮았다는 건 누구의 눈에도 뚜렷한 일이었다.

정말이지 폴은 제 영혼 깊숙이 숨어 있는 어떠한 용암(熔岩)을 분출시킨 일이 결코 없었다. 깊숙이 터전을 잡은 이 지층은 너무도 소중한 것이었고, 게다가 폴은 제 스스로 저지르는 실수가 노상 두려웠다. '비위에 맞는 처녀'는 이 분화구의 언저리에서 멈춰서야 했고, 그 곳에서 솟구치며 현기증을 일으키는 증기만이 그 처녀에게 향을 올리는 것이었다.

이날 저녁부터 폴과 아가트 사이에는 교차된 올실의 베가 짜여졌다. 시간의 앙갚음은 특권을 거꾸로 돌려 놓았다. 알 수 없는 애정을 불러일으켜 남의 마음에 상처를 입히던 거만한 다르즐로는 폴이 지배할 수줍고 젊은 처녀로 변용하여 나타난 것이다.

엘리자베스는 그 사진을 서랍 속에 다시 던져두었다. 이튿날 그녀는 난로 위에 놓여 있는 그 사진을 발견했다. 그녀는 눈썹을 찌푸렸다. 그러나 아무 말도 꺼내지 않았다. 다만 그녀의 두뇌는 작업을 하기 시작했다. 영감이 환히 비쳐들자 그녀는 문득 깨닫게 되었다. 폴이 벽마다 압정으로 눌러 붙여 놓은 아파치족, 탐정, 미국의 스타 들은 모두 고아 처녀 아가트와 또한 다르즐로 아탈리와 닮았다는 사실이었다.

이 발견은 뭐라고 나타낼 수는 없으면서도 가슴을 죄는 듯한 고민 속에 그녀를 던져넣었다.

"너무한다, 너무해."

그녀는 속으로 뇌까렸다.

"폴이 이젠 숨겨대는구나. 속임수를 다 쓰고."

그가 속임수를 쓰고 있는 바에야 그녀도 역시 속임수를 쓰지 말라는 법은 없을 것이다. 그녀는 아가트에게 다정스레 굴리라고 생각했다. 폴은 아랑곳도 하지 말자, 알고 싶어 캐묻는 것도 일러주지 말자고 그녀는 단단히 마음을 도사렸다.

이 방의 여러 가지 모습이 빚어놓은 가정의 분위기는 분명히 하나의 사실이었다. 누가 그렇게 지적한다면 폴은 무척 놀랐을 것이었다. 그는 자기가 원하는 형을 막연하게 추구하는 것이었다. 자기에겐 그런 것이 없다고만 여기고 있었다. 그런데 자신도 모르는 사이에 이런 형이 그에게 끼치는 영향과 폴 자신이 누이에게 끼치는 영향은 그리스식 박공(博栱)에서 보이는 두 개의 선, 밑에서 위로 올라감에 따라 서로 맺어지는 두 개의 대각선처럼 서로를 향하여 뻗고 있는 줄기찬 몇 개의 직

선으로서 그들의 무질서를 대조시켰다.

  아가트와 제라르는 지저분한 방을 함께 쓰고 있었다. 날이 갈수록 그 방은 집시들의 캠핑 모습을 띠게 되었다. 다만 마필(馬匹)이 빠졌을 뿐, 누더기를 걸친 아이들의 모습은 모자라지 않았다. 엘리자베스는 아가트를 머물러 있게 하자고 제안했다. 비어 있는 그 방은 마리엣 할머니가 잘 청소해 줄 것이었다. 그 방도 아가트에게라면 슬픈 추억을 불러일으키지 않을 것이었다. '엄마 방'은 지난날을 아는 사람일 경우, 추억을 더듬는 사람일 경우에나 어둠이 깔리는 것을 우두커니 서서 기다리는 사람일 경우 그지없이 힘겹고 쓰라린 것이었다. 환하게 불을 켜고 말끔히 치워 놓으면 밤에라도 잘 수 있다는 것이었다.

  아가트는 제라르의 도움을 받아 트렁크 몇 개를 옮겨 왔다. 그녀는 이미 이곳의 관습·밤샘·잠·불화·태풍·정온·카페 샤를, 그리고 그곳의 샌드위치 등을 모두 다 맛보았다.

  제라르는 마네킹들의 출구에서 두 처녀를 기다리곤 하였다. 함께 쏘다니거나 곧장 몽마르트 거리로 돌아오거나 하였다. 마리엣 할머니가 저녁상을 차려 두고 간 뒤에 그들은 돌아왔다. 그들은 식탁이 아닌 아무 데서나 먹었다. 그러면 이튿날 브르타뉴 태생의 할머니가 산산이 흩어져 있는 달걀껍질 등을 주워 모았다.

폴은 자기에게 운명이 마련해 준 앙갚음의 기회를 재빨리 이용해 보고 싶었다. 다르즐로 식의 행동이라든지 그의 오만스러운 태도를 흉내내지는 못하기 때문에 폴은 이 방을 설치는 해묵은 무기를 사용하였다. 즉, 아가트를 사정없이 괴롭히는 것이었다. 엘리자베스는 아가트 편을 들어 응수하여 왔다. 그러자 이번에는 한꺼번에 누이의 마음까지도 상하게 하려고, 폴은 얌전한 아가트를 부려먹기 시작하였다.

네 명의 고아는 거기서 제각기 속셈을 차렸다. 엘리자베스는 자기들의 대화를 뒤얽히게 하는 방법을 발견하였고, 제라르는 그 틈에 숨을 돌리게 되었다. 아가트는 폴의 거만스러움에 현혹되었고, 폴은 자기 자신의 거만스러움에 현혹되었다.

거만스러움이란 매력적이었고, 또한 폴은 다르즐로 같은 성격이 아니기 때문에 누이를 모욕하는 구실로 아가트를 이용하지 않았다면, 결코 이러한 요술을 부리지 못했을 것이다.

아가트는 즐겨 희생자가 되었다. 그 까닭은 이 방이 애정의 전기로 충전되어 있음을 느끼기 때문이었다. 그 전기는 아무리 진동을 하더라도 조금도 자기를 해치지 않으며, 오존과도 같은 그 향기는 자기에게 생기를 불어넣는 것이라고 생각했다.

아가트는 코카인 중독자 부부 사이에서 태어난 딸이었다. 부모는 그녀를 학대하다가 마침내 자살하고 말았다. 큰 양장점의 지배인이 마침 같은 아파트에 살고 있었다. 그 지배인은 아가트를 떠맡아 양장점의 여주인 집에 데려다 놓았다. 자질구레한 시중살이 끝에 그녀는 의상을 입게 되었다. 그 양장점의 마네킹들 틈에서 그녀는 주먹다짐이라든지 모욕, 짓궂은 장난들을 겪었다. 그러나 이 방에 있는 아이들은 그녀의 성격을 변하게 하였다. 그들은 철썩거리는 파도, 볼을 후려치는 바람, 양치는 목동의 옷을 벗겨 놓는 장난꾸러기 우레를 불러 일으키는 것이었다.

이러한 차이에도 불구하고, 그녀가 자라난 코카인의 집은 어스름이라든지 거짓말스런 협박에 대해서, 또 세간을 부숴 놓는 몰아치기라든지 한밤중에 먹는 냉육(冷

(处)에 대해서 그녀를 가르쳐 놓았다.

몽마르트 거리의 이 집에서 여느 처녀들 같으면 어리둥절할 만한 그 어떤 것도 그녀를 놀라게 하지 않았다. 그녀는 이런 따위의 힘겨운 학교를 이미 졸업했으며, 그 학교의 제도는 그녀의 눈자위와 콧등 둘레에 무언지 표독스러운 것을 아로새겨 놓았던 것이다. 애당초 다르즐로의 오만스러운 모습으로 여겨졌던 것은 바로 이 표독스러운 그 무엇 때문이었다.

이 방에서 아가트는 지옥에서 하늘로 오른 셈이었다. 그녀는 평안했다. 아무것도 그녀를 불안하게 하지 않았다. 이 벗들이 결국 종내엔 마약을 쓰는 데까지 이르지나 않을까 하고 걱정하는 적도 결코 없었다. 그들은 타고난 질투심 많은 마약의 영향 밑에서 행동했고, 마약을 쓴다는 것도 그들에게는 다만 흰 데다 흰 것, 검은 데다 검은 것을 바르는 데 지나지 않기 때문이었다.

그러나 그들은 이따금 일종의 정신착란 증세로 괴로워하는 일이 있었다. 그러면 열기는 오목거울이 되어 이 방을 에워쌌다. 그럴 때 아가트는 울적해져서 마음속으로 자문해 보았다.

'아무리 자연스러운 것이라 하여도 신비스러운 마약은 역시 사람을 피로하게 하는 게 아닐까? 그리고 결국

마약은 가스의 질식사로 이끄는 게 아닐까?'

그러다가도 정신적인 착란이 가셔지면, 평형이 다시금 자리잡혀지면서 그녀의 의혹도 사라져버리고 마음을 차분하게 하였다.

그러나 마약은 존재했다. 엘리자베스와 폴은 그들의 핏속에 불가사의한 이물질을 품은 채 태어났던 것이다.

마약이란 주기적으로 작용하면서 외면적인 양상을 차츰차츰 변화시키는 것이다. 이러한 외면적 양상의 변화, 현상의 주기적인 여러 가지 단계는 결코 동시에 발생하지 않는다. 그 경과는 도무지 감각되지 않는 것이고, 혼란스러운 중간 지대를 낳을 따름이다.

새로운 도구를 형성키 위하여 사상(事象)은 쉴 사이 없이 역방향으로 움직여 가는 것이다.

'놀이'는 엘리자베스의 삶에서, 그리고 심지어는 폴의 삶에서도 점점더 범위가 작아졌다. 엘리자베스에게 사로잡힌 제라르는 이미 '놀이'를 하지 않았다. 오누이는 그래도 다시금 애써 보았지만 끝내 뜻을 이루지 못하여 울화만 터뜨렸다. 다시 '떠나버리지' 못하는 것이었다. 꿈의 실오리에서 그만 헷갈리고 마는 얼빠진 자기들을 느끼기가 일쑤였다. 사실은 다른 곳으로 '떠나는' 것이었다. 자기 자신에서 벗어나는 연습에 익숙했던 오누이는 자기 자신 속으로 잠겨들게 하는 이 새로운 행정(行程)을 '얼빠지기'라고 불렀다. 자신의 비극의 줄거리는 이 시인이 베르사유 궁의 제전에 쓰는 제신들을 실어오고 날라가는 데 사용했던 대도구와 뒤바뀌어 버린 것이었다. 오누이의 제전은 그리하여 지독한 혼란 상태에 빠졌다. 자기 안으로 잠겨드는 데는 불가능한 훈련을 필요로 하였다. 그들은 거기에서 다만 암흑과 감정의 환영(幻影)밖에 만나지 못했다.

"쳇! 쳇!"

울화가 치민 목소리로 폴은 번번이 이렇게 큰 소리를 냈다.

그러면 모두 얼굴을 치켜들고 보았다. 폴은 망령의 나라로 미끄러져 들지 못하여 화를 내고 있었다.

이 '쳇!'은 '놀이'의 변두리에 이르렀을 때 아가트의 어떤 몸짓이 생각나는 바람에 훼방당한 폴의 불쾌한 기분을 나타내는 소리였다. 그는 이것도 아가트의 탓으로 돌리고선 자기의 불쾌한 기분을 온통 그녀에게 터뜨렸다.

이런 화풀이의 원인은 너무나도 단순한 것이었기 때문에 폴은 내적으로, 엘리자베스는 외적으로 쉽사리 그 원인을 깨칠 수 있었다. 엘리자베스는 또 엘리자베스대로 외해(外海)에 나서려고 기를 쓰는 중이었지만 뒤섞인 명상에만 잠겨들면서 어느새 탈선해 버리기 일쑤여서, 이 핑계를 재빨리 붙잡자마자 자기 자신에서 벗어나는 것이었다. 동생이 품은 사랑의 원한을 엘리자베스는 오해하고 있었다. 그녀는 생각했다.

'아가트가 그 놈팡이를 닮았기 때문에 화를 돋우는 모양이지.'

그리하여 지난날 해결할 수 없는 문제를 풀려고 함께 솜씨를 발휘하던 때처럼이나 서로의 마음을 헤아리는데 서툴러진 이 오누이는 아가트를 거쳐서야 다시금 욕설을 주고받는 것이었다.

너무 외치면 목이 쉰다. 대화는 느려지고 마침내 멎는다. 그러면 전사(戰士)들은 꿈을 짓밟는 현실의 생활, 모름지기 해롭지 않은 것들로만 가득 차 있는 어린 시절의 식물적 삶을 뒤엎는 현실 생활에 사로잡힌 자기들의 모습을 다시금 발견하는 것이었다.

다르즐로의 사진을 보물 속에 넣던 날, 엘리자베스의 손을 머뭇거리게 했던 것은 그 어떤 까닭 모를 자기 보존의 본능이었을까? 영혼의 어떠한 반사작용이었을까? 병자답지도 않게 날랜 목소리로,

"이거 넣어둘까?"

하고 폴을 소리지르게 했던 또 다른 하나의 본능, 또 하나의 반사작용이 분명히 그 원인이었을 것이다. 아무튼 그 사진은 해롭지 않은 물건은 결코 아니었다. 폴이 그 사진 이야기를 꺼낸 것은 현행범으로 발견된 사람이 익살맞은 태도로 아무렇게나 허풍을 떠는 것과 다름없었다. 또 엘리자베스는 마음이 내키지 않는데도 허락하고선 이죽거리는 듯한 무언극으로 방을 나갔지만, 그녀는 그렇게 함으로써 자기가 너무나도 그런 일을 잘 알고 있다는 것을 믿게 하고 싶었고, 또한 폴과 제라르가 자기에 대하여 무슨 음모를 꾸며 놓았다손 치더라도 그것이 꺼림칙하게 느껴지도록 하고 싶었던 것이다.

이미 말했지만 서랍의 침묵은 천천히 그리고 심술궂게 그 사진을 주물럭거려 놓았다. 그러고 보면 폴이 아가트의 팔 끝에서 휘둘러진 그 사진을 신비로운 눈뭉치라고 여겼던 것도 별로 이상한 일은 아니었다.

제 2 부

1

　머칠 전부터 이 방은 위아래로 흔들리고 있었다.

　엘리자베스는 폴이 절대로 한몫 낄일 수 없는 어떤 '비위에 맞는 일'(그녀는 이 말을 강조하였다)에 대해서 불가해(不可解)한 빈정거림을 보이기도 하고 숨겨대기도 하면서 폴을 괴롭혔다. 그녀는 아가트를 이야기 상대로, 제라르를 단짝으로 다루었고, 빈정대던 일이 자칫 밝혀질 듯하면 눈을 깜빡거리곤 하였다. 이 방법은 그녀가 희망했던 것보다도 더 큰 성공을 거두었다. 호기심에 불타오른 폴은 온몸이 바작바작 죄어드는 것 같았다. 다만 자존심이 그로 하여금 제라르나 아가트에게 청들지는 않게 했다. 물론 그러잖아도 엘리자베스가 절교라는 형벌을 엄포하여, 그들이 입을 열지 못하도록 미리 금지해 두었었다.

　결국 호기심이 이겼다. 그는 엘리자베스가 '예술가들의 출구'라고 이름 붙인 곳에 숨어 세 짝패를 지켜본 끝에, 스포츠맨인 듯한 어떤 청년이 제라르와 함께 양장점 앞에서 기다리다가 모두 차에 태워 어디론지 데리고 간다는 사실을 알아냈다.

그날밤에는 지나친 장면이 연출되었다. 폴은 누이와 아가트를 치사한 갈보라 부르고, 제라르를 펌프녀석이라고 소리소리 질렀다. 이 집을 깨끗이 나가겠노라며, 그래야 실컷 사내놈들을 끌어들일 수 있을 게 아니냐는 것이었다. 애초에 처음부터 빤한 일이었다. 마네킹들은 다 갈보년들이다, 맨 밑바닥 갈보년들이다! 누이는 아가트를 끌어넣은 사냥개 암컷이다, 제라르는 그렇지, 제라르는 모든 책임을 져야 할 거다라는 것이었다.

아가트는 훌쩍훌쩍 울었다. 엘리자베스가 잔잔한 목소리로,

"내버려두려무나, 제라르. 너 어떻게 돼버린 거 아니니……?"

하고 말리는 데도 불구하고 제라르는 발끈 성이 나서, 그 청년은 우리 삼촌 친구다, 미카엘이라는 유태계 미국인이다, 엄청나게 많은 재산이 있다, 그러잖아도 몰래 만나는 것은 그만 집어치우고 폴한테 대면시킬 셈이었다고 설명을 늘어놓았다.

폴은 그따위 '메스꺼운 유태놈'의 자식을 사귀는 건

거절이다, 바로 내일 너희들이 또 들러붙는 시간에 그 자식 따귀를 갈겨줄 테다라고 버럭버럭 악을 썼다.

"기가 차지."

하고 폴은 증오의 눈을 번쩍이며 말을 이었다.

"제라르 자식하고 네가 이 꼬마 애를 끌고가서 그 유태놈 팔뚝에다 밀어넣는 거지, 이앨 아주 팔아먹을 셈으로 말야!"

"그런 게 아냐, 애."

하고 엘리자베스가 대꾸했다.

"속시원하게 알려주겠지만, 네가 말하는 건 도무지 길을 잘못 잡았어. 미카엘은 나를 만나러 오는 거야. 나하고 혼인하고 싶어하는데 말야, 나도 그이가 싫진 않아."

"결혼? 결혼을 해, 너하구! 아니, 너 미쳤니! 거울이나 들여다보고 하는 소리야, 그게? 네 몰골에 시집 갈 형편이나 되는 줄 아니? 못나고, 게다가 바보고 말야! 바보들 중에서도 넌 바로 여왕이란 말야! 그놈은 널 놀리고 있는 거야, 널 비웃고 있는 거라고!"

그러고서 그는 경련하듯 웃음을 터뜨렸다.

엘리자베스는 알고 있었다. 유태인이건 아니건 그런 것쯤은 폴이나 자기 자신에게는 아무 상관도 없다는 것을. 그녀는 몸에 혈기가 도는 듯한 흐뭇한 기분을 느꼈다. 그녀의 마음은 방 구석구석까지 활짝 피어났다. 폴의 이 웃음은 어쩌면 그렇게도 좋을까! 폴의 턱이 그리는 선은 또 어쩌면 이렇게도 예리할까! 그러니 이렇게 동생을 곯려주는 게 얼마나 마음 흐뭇한 일인가!

이튿날 폴은 스스로 어처구니가 없어졌다. 화풀이가 정도를 지나쳤다는 것을 자인하지 않을 수 없었다. 그 미국인이 아가트에게 연정을 품은 것이라고만 여겼던 건 까맣게 잊어버리고, 그는 혼자서 중얼거렸다.

"엘리자베스는 자유다. 시집 가고 싶으면 가라지 뭐. 누구하고 결혼을 하건, 흥, 내가 알 게 뭐야."

난 어쩌자고 그렇게 화가 났었나. 그는 자신에게 물어보았다.

폴은 완전히 화가 풀리지 않았지만 점차 풀려 마침내 미카엘을 만나기로 하였다.

미카엘은 이 방과는 아주 대조를 이루는 사람이었다. 대조적이었기 때문에 그 뒤로는 아이들 중의 어느 누구도 미카엘에게 이 방을 개방할 엄두도 내지 않았다. 미카엘은 그들에게 외부를 생각케 하였다.

얼핏 첫눈에 보아도 그는 평범한 사람이었다. 그가 차지하고 있는 재산은 죄다 평범한 것뿐이고, 이따금 그들이 눈부신 듯한 현기증을 일으키는 것은 미카엘의 경주용 자동차 때문이라는 것을 아이들은 대번에 알게 되었다.

영화의 주인공인 이 경주용 자동차들은 폴의 편견을 버리게 하였다. 폴은 함께 어울렸다. 이 소집단은 경주용 자동차를 타고 즐겼다. 그밖의 시간은 네 패거리를 방에 불러들이는 것과, 미카엘이 천진하게 잠에 바치는 시간뿐이었다.

미카엘은 아이들이 어울려 지내는 밤의 놀이에서도 늘 잊혀지지 않았다. 아이들은 거기에서도 미카엘을 동경하고, 그를 받들고, 그의 온갖 모습을 상상하여 보았다.

아이들을 만날 때마다 미카엘은 자기가, ≪한여름 밤의 꿈≫(셰익스피어의 유명한 희극)에서 티타니아가 잠든 이들에게 베푼 요술과 흡사한 요술을 부리고 있다고는 털끝만큼도 짐작하지 못했다. 못하는 것이었다.

"난 왜 미카엘과 결혼하지 않을까?"

"엘리자베스는 왜 미카엘과 결혼하지 않나?"

방을 따로 가졌으면 하던 오누이의 꿈은 실현을 앞두고 있었다. 놀라운 하나의 속도가 그들을 밀어 부조리를 향하여 이끌어 갔다. 한 겹의 엷은 막으로 이어진 쌍둥이가 인터뷰에서 야심만만하게 털어놓는 장래의 계획과도 비슷한, 방의 계획을 북돋워 주면서.

오직 제라르만이 신중하였다. 그는 외면하고 있었다. 무녀(巫女), 성처녀와 결혼해 볼 엄두는 제라르에겐 결코 나지 않았다. 성지(聖地)의 금제(禁制)를 알지 못하고서, 그녀를 채어가며 감히 이따위 수작을 부릴 수 있는 것은 영화에서 보는 것과 같이 젊은 카레이서이어야 하는 것이다.

방은 그대로 여전하였고, 결혼 준비는 착착 진행되었다. 그리고 그들 관계는 여전히 유지되었다. 그것은 광대가 무대와 관객석 사이에서 가슴이 울렁거릴 정도로 중심을 잡고 서 있는 쌓아올린 의자더미의 균형이었다.

아찔아찔 현기증을 일으키게 하는 이 울렁거림은 이어서 엿강정의 메마른 트림으로 뒤바뀌었다. 이 무서운 아이들은 무질서를, 감각의 진득진득한 잡탕찌개를 무턱대고 잔뜩 처담는 것이었다.

미카엘은 이 일을 다른 눈으로 바라보고 있었다. 누가 그에게, 성당의 처녀와 약혼한 게 아니냐고 알려준다면 그는 깜짝 놀랐을 것이다. 그는 다만 매혹적인 한 처녀를 사랑하고 있을 따름이었다. 그래서 그 처녀와 결혼하려는 것이었다. 그래서 너털거리며 에투왈 광장

의 저택, 여러 대의 자동차, 그리고 재산 전부를 갖다
바치려는 것이었다.

　엘리자베스는 방 하나를 루이 16세식으로 꾸며놓았
다. 응접실, 음악실, 체육실, 풀, 그리고 꽤나 괴상망측
하게 생긴 널따란 회랑(回廊)은 미카엘에게 내맡겨둘
셈이었다. 이 회랑은 일종의 서재, 식당, 당구장, 펜싱
실이었고, 나무들이 내려다뵈는 높직한 유리창이 있었
다. 아가트는 엘리자베스를 따라가기로 하였다. 엘리자
베스는 아가트 몫으로 제 방 바로 위에 조그마한 아파
트를 잡아두었다.
　아가트는 몽마르트 거리의 그 방과 이별해야 할 쓰라
린 불행에 직면하였다. 그 방의 매력과 폴과의 사귐을
아쉬워하며 그녀는 남몰래 눈물지었다. 도대체 밤은 어
떻게 지낼까? 오누이끼리의 접촉이 끊어지자 거기서 하
나의 기적이 일어났다. 이 헤어짐, 세상의 이 종말, 이
파선(破船)은 폴이나 엘리자베스의 마음엔 비통한 일이
아니었다. 그들은 자기네의 행위가 빚어놓는 직접 또는
간접적 영향을 깊이 생각지도 않았고, 마치 뛰어난 극
작품이 줄거리의 진행이나 결말의 다가옴을 염려하지
않는 것만큼이나 자기네 자신을 살피지 않았다. 제라르

는 자기의 사랑을 희생하였다. 아가트는 폴의 마음이 내키는 대로 다소곳이 따랐다.

폴이 말했다.

"거 아주 편리하잖아. 삼촌이 안 계실 때면 제라르는 아가트의 방(그들은 이미 '엄마 방'이라고 부르지 않았다)을 쓸 수 있으니 말야. 그리고 미카엘이 여행이나 가면 계집애들도 이리로 다시 기어들어오면 되잖아."

계집애들이라는 이 말은 폴이 누이의 결혼을 염두에도 두고 있지 않다는 것, 다가오는 앞날은 알 수 없는 것임을 분명히 의미하는 말이었다.

미카엘은 폴을 설복하여 에투왈 광장의 저택에 와 있게 하고 싶었다. 폴은 이 청을 거절했다. 고독하게 지내 보겠다는 계획을 실천하고 싶었기 때문이다. 그러자 미카엘은 마리엣 할머니와 의논하여, 몽마르트 거리의 집에서 쓰는 비용은 아무리 사소한 것이라도 자기가 부담하기로 주선해 주었다.

신랑의 막대한 재산을 관리하는 사람들이 참석한 가운데 급속도로 식을 올리고 나자, 미카엘은 엘리자베스와 아가트가 차분히 들어앉을 동안, 에즈에서 한 주일 가량 지내기로 작정하였다. 그곳에 그는 집을 짓게 해

두었으며, 건축기사가 그의 지시를 기다리고 있었다.
그는 경주용 자동차를 타고 길을 떠났다. 공동생활은
돌아와서 시작할 셈이었다.

그러나 방의 정령(精靈)은 지키고 있었다.

이런 것을 새삼스레 쓸 필요가 있을까? 칸과 니스 사
이 한길 위에서 미카엘은 죽었다.

그의 차는 낮았다. 목에 감겨 휘날리던 긴 목도리가
바퀴 가운데로 빨려들어갔다. 자동차가 옆으로 미끄러
져 나가고 부서지면서 나무에 부딪쳐 곤두서고, 마침내
침묵의 폐허가 되는 동안 목도리는 그의 목을 졸라매고
엄청난 힘으로 목을 벴다. 하나 남은 차바퀴는 천천히
공중에서 맴돌았다.

2

　유산 상속, 서명, 관리자들과의 타협, 복상(服喪) 그
리고 피로가 미망인을 짓눌렀다. 결혼에 관해서 그녀가
안 것은 다만 법률적 수속뿐이었다. 이제는 자기네 호
주머니에서 돈을 꺼낼 필요가 없게 된 삼촌과 의사는
돈 대신 일손을 내주었다. 그렇다고 해서 그 전보다 감
사를 받은 것도 아니었다. 엘리자베스는 그들에게 제
짐을 온통 풀어 맡겼다.

　관리자들과 합동하여 그들은 분류하고 계산하여 총액
을 냈다. 총액은 숫자에 지나지 않았지만 상상력조차
압도하였다.

　폴과 엘리자베스의 부(富)에 대한 적응성은 앞서 이
야기한 바 있다. 그러한 적응성의 덕택으로 이 세상의
그 어떤 것도 오누이가 타고난 부를 증가할 수 없었다
는 이야기다. 유산 상속이 그 증거다. 참사의 충격, 바

로 그것이 그들을 훨씬 크게 변모시켰다. 그들은 미카엘을 사랑하고 있었다. 결혼과 그의 죽음이라는 놀라운 사건은 별로 비밀을 지니지 못한 이 사람을 비밀 속으로 던져넣었다. 생명이 깃들어 있는 그 목도리는 그의 목을 졸라맴으로써 그에게 '방'의 문을 열어준 것이다. 그러지 않고서는 절대로 '방'에 들어서지 못했을 미카엘이었다.

몽마르트 거리, 오누이끼리 머리칼을 쥐어 당기던 무렵의 폴의 가슴은 이제 아가트가 떠나버림에 따라 실천 불가능해졌다. 그의 이기적인 식욕이 한창이던 무렵엔 이 계획에도 하나의 의미가 있었지만, 나이가 그의 욕망을 증대해 놓은 이제는 온갖 의의를 잃어버린 것이다.

이러한 욕망은 뚜렷한 모습을 지니는 것은 아니었지만, 폴은 자기가 그리던 고독이 아무런 이득도 주지 않을 뿐만 아니라, 오히려 두렵기만 한 공허를 파놓고 있을 따름임을 깨닫게 되었다. 몸의 쇠약을 핑계삼아 그는 누나 집에 가서 살기를 승낙하였다.

엘리자베스는 그에게 미카엘의 방을 내주었다. 널따란 욕실을 사이에 끼고 그녀 방과 이어져 있는 방이었다. 세 명의 혼혈아와 우두머리인 흑인으로 구성된 하인들은 모두 미국으로 돌아가겠다고 말했다. 마리엣 할머니는 같은 고향 여자를 하나 채용하였다. 운전수는 그대로 눌러 있었다.

폴이 옮겨 와서 자리를 잡자마자 침실은 다시금 개조되었다.

아가트는 윗방에서 혼자 있기가 무섭다는 것이었다. ……폴은 원주(圓柱)가 있는 침대에서는 잠을 이루기가 어렵다는 것이었다. ……제라르의 삼촌은 독일에 있는 공장들을 시찰나갔다는 것이었다.

결국 아가트는 엘리자베스의 침대에서 자기로 했다. 폴은 친구를 끌어와서 긴 의자 위에다 예의 파수막을 세우고, 제라르는 제 어깨걸이 등속을 무더기로 쌓아올렸다.

참변이 있었던 때부터 미카엘이 살아온 곳은 바로 이렇게 추상적인 방, 아무 데서나 다시 창조될 수 있는 이 방이었다.

성처녀(聖處女)! 제라르의 생각이 옳았다. 그도, 미카엘도, 세상의 어느 누구도 엘리자베스를 차지한다는 일은 없을 것이다. 사랑은 제라르를 사랑에서 떼어놓은 불가해한 이 테두리를 그에게 계시했다. 이 테두리를 강간하려 함은 목숨을 값으로 치르는 것이었다. 그리고 비록 미카엘이 이 처녀를 차지했다고 인정했다 손쳐도

그는 결코 성당을 차지하지는 못했을 것이다. 자기가
죽음으로써만 거기에 살게 되는 이 성당을.

3

서재, 식당, 당구장 등으로 쓰려고 하였던 시도가 모두 좌절되어 버린 회랑이 이 저택에 있음을 우리는 기억하고 있다. 별나게 생긴 이 회랑은 그러한 것 중의 어느 것도 아니요, 결국 아무 쓸모도 없다는 사실에서 이미 별나게 생겨먹은 것이다. 층계에 깔아놓은 양탄자의 띠는 오른쪽 리놀륨 바닥 위를 가로질러 벽에서야 멎어 섰다. 회랑에 들어서면 왼쪽에 일종의 촛대걸이가 눈에 띠고 그 아래에 식당 테이블, 몇 개의 의자, 아무 모양으로나 접혀지는 나무 병풍이 보였다. 이 병풍은 식당 비슷한 이곳을 서재 비슷한 곳(긴의자, 가죽 팔걸이의자, 회전식 책장, 지구 평면도)에서 떼어놓으면서 다른 하나의 테이블—건축가용 테이블—주위에 어수선하게 모여 있었고, 이 테이블 위에 놓인 반사경 달린 전기 스탠드가 이 홀의 유일한 광원(光源)이었다.

접었다 폈다 하는 의자가 여러 개 있는데도 텅 비어

있는 듯한 느낌의 공간을 지나면 당구대가 하나 놓여
있지만 너무나 괴기스러워 소스라칠 정도였다. 여기저
기 높직한 유리창들은 빛의 보초들을 천장에 투사하였
고, 회랑의 바깥 아래쪽을 비추는 조명은 연극 같은 달
빛으로 이 모든 것을 적시는 하나의 각광등(脚光燈)을
이루고 있었다.

어디선지 초롱불이라도 갑자기 비치지나 않나, 창문
이라도 살며시 열리지나 않나, 발소리도 없이 강도가
난데없이 뛰어들어오지나 않나, 마치 그런 것을 기다리
는 듯한 느낌이었다.

이 고요함, 이 각광등은 다시금 눈[雪]을 생각나게
하고, 지난날 허공에 매달려 있는 듯하던 몽마르트 거
리의 응접실과, 또 눈 때문에 회랑만큼이나 줄어들어
보이던 눈싸움하기 바로 조금 전의 시테 몽티에의 전경
(全景)마저 생각나게 하였다. 이것은 정녕 똑같은 고
독, 바로 그때의 그 기다림이었고, 유리문 때문에 파르
스름하게 보이는 건물의 정면이었다. 이 방은 마치 부
엌이나 층계의 설계를 잊어버린 것을 너무나 뒤늦게야
발견한 건축가의 맹랑한 실수와도 같았다.

미카엘은 이 저택을 고쳐 지었다. 그 역시, 어디서나
결국은 다다르게 마련인 이 막다른 골목의 문제는 해결

해 내지 못했다. 그러나 미카엘 같은 사람에게 있어서 계산착오란 인생의 출현이고, 기계가 인간화하며 양보하는 순간인 것이다. 도무지 생기없는 이 저택의 사점(死點)이라 여겨졌던 이곳이야말로 생명 외의 온갖 것을 바치면서 가까스로 피난해 온 지점이었다. 무자비한 건축 양식, 콘크리트와 무쇠 사냥개 무리에 뒤쫓기어 생명은 거창한 이 구석에 간신히 몸을 숨긴 것이다. 그것은 몰락한 공주들이 아무거나 되는 대로 집어들고서 몸을 빠져나온 모습이었다.

사람들은 이 저택을 가리켜 이렇게들 말하곤 했다.

"더 붙일 것은 조금도 없어. 무(無), 바로 그것이야. 아무튼 백만장자에게 이것은 참 희한한 일이 아닐 수 없지."

그러나 이 방을 코웃음친 뉴욕 바람이 든 사람들은—미카엘과 마찬가지로—이 방이 얼마나 미국적인지를 미처 생각지 못했던 것이다.

철근과 대리석보다도 훨씬 더 나은 솜씨로 꾸민 이 방은 비밀 종교들과 접신론자(接神論者)들의 도시, 크리스찬 사이언스 협회, 큐클럭스 클럽, 여자 상속인에게 신비로운 시련을 부과하는 유서, 죽은 사람들의 클럽, 탁자를 돌려놓는 심령술, 그리고 에드가 앨런 포의 몽유병자들을 이야기해 주는 것이었다.

이 정신병원의 응접실, 물질화해 가며 또한 먼곳에서도 자기네의 사망을 통지하는 고인들에게 이상적인 이 장치는 40층에 있는 대성당, 본당과 제단에 대한 유태적 취미를 연상케도 하였다. 40층에 있는 그러한 고딕식 예배당에는 부인네들이 살면서 풍금도 치고 촛불도 켜곤 한다. 이런 연상이 이루어지는 까닭은 뉴욕이 루르드나 로마, 전세계의 어느 성도(聖都)보다도 더 많은 양초를 소비하기 때문이다.

어느 복도는 건너갈 엄두도 내지 못하는 아이들을 위하여, 또는 여닫는 가구의 삐걱거리는 소리와 방문 손잡이가 돌아가는 소리를 귀기울여 엿듣는 아이, 그렇게 걱정 많은 아이들을 위하여 이런 회랑이 만들어진 것인지도 모른다.

그리하여 기괴한 이 헛간방은 미카엘의 약점이고 미소였으며 그의 영혼의 최선의 안식처이기도 하였다. 이 방은 아이들을 만나기 전부터도 미카엘의 마음속에 존재하였었고, 그것 때문에 미카엘이 아이들과 걸맞았던 것임을 나타내는 것이었다. 그리하여 미카엘이 그 방에서 추방되었던 것은 결코 부당한 일이며, 그의 결혼과 비극은 숙명적인 일이었음을 증명하였다. 하나의 커다란 신비가 여기서 또렷이 밝혀지게 되었다. 엘리자베스가 그와 결혼했던 것은 그의 재산 때문도 아니고, 그의 힘 또는 그의 우아함 때문도 아니었다. 혹은 그의 매력 때문도 아니었다. 그녀는 미카엘의 죽음 때문에 그와 결혼했던 것이다.

그리하여 이 아이들은 회랑만을 빼놓고서 저택 안의 온 구석구석을 돌아다니며 방을 찾았다. 그들은 두 방 사이를 괴로움에 젖어든 영혼들처럼 줄곧 서성거리며 헤맸다. 잠이 오지 않는 하얀 밤들도, 이제는 수탉의 울음소리에 사라져버리는 그 살풋한 망령이 아닌 언제까지나 하늘거리는 불안한 망령이었다. 아이들은 마침내 제각기 따로 방을 차지했지만, 다시 생각을 돌이키려 하지 않고 미친 듯이 제 방에 파묻히거나, 입술을 꼭 다물고 칼날을 던지는 눈초리를 빛내며 적의가 가득 찬 걸음걸이로 이 방에서 저 방으로 서성거렸다.

필경 이 회랑은 그들에게 저주를 던지는 것이었다. 그 부름 소리는 아이들을 적이 두렵게 하였고, 회랑의 문턱을 넘어서지 못하게 하는 것이었다.

그들은 이 회랑의 기묘한 효력의 하나를 깨달았다. 그것은 보통 효력이 아니었다. 이 회랑은 마치 단 하나의 닻에 매인 배처럼 온갖 방향으로 떠돌았다.

　회랑 외의 방에서는 그 어느 방에서도 회랑이 어디 있는지 결코 알 수 없었고, 또 막상 회랑 안에 들어서고 보면 다른 방들과의 위치가 어떤 관계에 있는지를 짐작하기가 항상 불가능하였다. 부엌에서 들려오는 어렴풋한 접시 소리로 간신히 방향을 잡을까말까 할 정도였다.

　이러한 소리와 이러한 마술은 꿈결 같은 어린 시절에 케이블카를 타고 올라가던 스위스의 호텔을 연상케 하였다. 창문이 하계(下界)와 수직으로 열리고, 길 건너 맞은편에는 마치 금강석의 건물인 양 그처럼 가까이 빙하가 보이던 그 호텔 말이다.

　이번에는 미카엘이 반드시 가야만 할 곳으로 이 아이들을 이끌어 가고, 황금 갈대를 손에 쥐고서 경계선을 그으면서 아이들에게 장소를 가리켜 주어야 할 차례였다.

　어느 날 밤, 엘리자베스가 짓궂게 잠을 훼방하는 바람에 폴은 샐쭉해져서 이방 저방 문들을 쾅쾅 닫으며 달아난 끝에 회랑 안으로 도망쳐 들어갔다.

　관찰이란 폴에게 어울리는 일이 아니었다. 그러나 어떤 것이 발산되면 강렬한 힘으로 받아들이고, 그것을 녹음하고 모든 습관에 따라 곧 오케스트라를 작곡하는 것이었다.

일련의 빛과 그림자가 서로 얽히는 이 신비스러운 장소에 들어서자마자, 그리고 인기척이 없는 이 스튜디오의 장치들 틈에 끼어들자마자 곧 폴은 어떤 것도 놓치지 않는 조심스러운 고양이가 되었다. 그의 두 눈은 반짝거렸다. 그는 우뚝 걸음을 멈추었다가는 빙빙 돌아보고, 그러다가는 또 냄새를 맡아보곤 하였다. 이 회랑을 시테 몽티에에 있는 방이나 눈 내리는 밤의 고요함과 같은 것으로 볼 수 있는 능력은 없는 폴이었지만, 그래도 마음속 깊은 곳에서는, 전생(前生)에서라도 본 듯한 그 무엇을 여기에서 다시금 발견한 것이다.

그는 서재를 살펴보고 다시 일어서서 서성거리다가, 팔걸이의자 하나만 뚝 떨어지게 병풍을 둘러놓고, 또다른 의자 위에 두 발을 올리고서 드러누웠다. 그러곤 푸근한 마음으로, '떠나려고' 해보았다. 그러나 등장인물을 팽개친 채 무대장치만 '떠나버리는' 것이었다.

그는 괴로웠다. 자존심 때문에 괴로웠다. 다르즐로 대역(代役)에 대한 그의 복수는 어처구니없는 실패였다. 아가트는 그를 지배하고 있었다. 자기가 아가트를 사랑하고 있다는 것을 깨닫는 대신 아가트는 그 상냥함으로 자기를 지배하고 있고, 자기는 마땅히 정복당해야 한다는 것을 깨닫는 대신 그는 오히려 우뚝 버티고 서서 반항하였다. 자기가 악마라고 믿고 있는 것, 또 악마적인 숙명이라고 믿고 있는 것들과 투쟁하고 있었다.

물독 안에 들어 있는 물을 고무 호스로 다른 물독에 옮겨 채우기 위해서는 한 모금만 빨아주면 충분하다.

이튿날 폴은 세귀르 부인(18세기 프랑스의 여류 작가)의 《휴가》라는 소설에 나오는 것과 같은 오두막 한 채를 세워 살림을 꾸몄다. 병풍은 하나의 문을 이루고 있었다. 위쪽이 뻥 뚫려 있는 이 우리는 이 장소의 초자연적 존재에 한 몫 끼게 된 것이지만, 또 무질서한 난장판으로 꽉 차게 되었다.

폴은 이곳에다 석고 반신상과 보물, 책들과 빈 상자 등을 날라 놓은 것이다. 때묻은 속옷더기가 다시 쌓여졌다. 커다란 거울이 이런 배경을 반사하고 있었다. 팔걸이의자 대신 접는 침대가 놓여졌다. 붉은 무명천이 거울에 씌워졌다.

처음 몇 차례의 방문으로 이 방의 모습을 본 엘리자베스와 아가트와 제라르는 이처럼 매력적인 가구의 풍경을 떠나 살 수가 없었기 때문에 폴을 뒤쫓아 이주하여 왔다.

모두 소생하였다. 캠프를 세웠다. 달빛과 그림자의 웅덩이도 이용하였다. 한 주일쯤 지나고 보니, 빨병 여러 개가 카페 샤를의 구실을 도맡게 되고, 병풍은 다만 하나의 방을—리놀륨 바닥이 에워싼 절해의 고도(孤島)를—이룩하게 되었다.

방이 둘 있다는 것이 신통치 않게 되었을 때부터 아가트와 제라르는 자기들은 거추장스러운 존재라고 느끼고, 폴과 엘리자베스가 짜증—아무런 활기도 없는 짜증—을 내는 것은 잃어버린 분위기 때문이라고 생각하고 그들은 자주 함께 다녔다. 그들의 깊은 우정은 같은 병을 앓고 있는 환자들의 우정과도 같은 것이었다. 제라르가 엘리자베스를 그렇게 하듯이 아가트는 폴을 땅보다 더 높은 곳에 모셔두고 있었다. 두 사람은 저마다 사랑을 하고 있었지만 하소연하는 일은 없었고, 자기의 사랑을 감히 입밖에 내려고 하지도 않았다. 다만 바닥에서 얼굴을 치켜든 채 자기네의 우상을 애모하였다. 아가트는 눈[雪]의 젊은 사나이를, 제라르는 무쇠 처녀를.

자기들이 바치는 열정의 대상에게서 호의 이외의 다른 무엇을 얻을 수 있다는 생각은 제라르에게나 아가트에게는 결코 떠오르지 않았다. 그들은 오누이가 자기들을 받아주는 것만으로도 희한하게 생각하고 있었다. 그들은 오누이의 꿈을 자칫 무겁게 해주고 있지나 않나 조마조마하면서, 자기네가 거추장스러운 존재라고 느껴질 때면 세심한 주의를 기울여 떨어져 있곤 하였다.

엘리자베스는 자동차에 대해서 까맣게 잊어버리고 있었다. 운전수가 자동차를 생각나게 하였다. 그녀가 제라르와 아가트를 데리고 드라이브를 나간 어느 날 저녁, 혼자 남아 평상시와 같은 자세로 틀어박혀 있던 폴은 불현듯이 자기의 사랑을 깨달았다. 아가트의 가짜 사진을 현기증날 정도로 노려보고 있을 때였다. 이 깨달음은 그를 화석으로 만들었다. 이젠 너무나도 또렷한 사실이었다. 폴은 마치 모노그램(組合文字)을 판독하는 사람들과도 같았다. 애당초엔 글자들이 짜놓는 듯하던 무의미한 글줄들은 깨닫고 보면 다시는 눈에 들어오지도 않는 것이다.

병풍에는 마치 배우의 방처럼 몽마르트 거리에 있던 찢어진 잡지들이 붙어 있었다. 먼동이 틀 무렵, 입맞추는 것 같은 커다란 소리를 내며 연꽃 송이가 활짝 피어나는 중국의 늪들처럼, 병풍은 살인범이나 여배우들의 얼굴을 한꺼번에 꽃피웠다. 거울의 궁전에 반사하여 폴이 좋아하는 타입들을 차례차례 떠올렸다. 이 타입들은 우선 다르즐로에서 시작되었다. 그 다음에는 어둠 속에서 마구 골라잡던 시시한 창부들의 모습이 또렷이 나타났고, 이어서 얄팍한 칸막이 안에 있는 얼굴들이 보이다가, 아가트의 모습에 이르러 마침내 말개졌다. 사랑이 이루어지기 전까지는 그 얼마나 많은 준비, 스케치, 수정이 필요한 것인가! 자기는 젊은 처녀와 학생 사이에 태어난 우연한 일치의 희생자라고만 생각하고 있던 폴은 운명이 자기의 무기를 찾아와, 그리고 그 무기가 마음을 겨누고 발견하는 것이 얼마나 느린가를 이제야 알았다.

그러고 보면 폴의 숨은 취미, 특별한 타입에 대한 취미는 여기서 아무런 역할도 하지 못했던 것이다. 왜냐하면 운명도 그 허다한 처녀들 중에 오직 아가트만을 엘리자베스의 동료로 삼았기 때문이다. 그러므로 책임자를 찾아내려면 가스 자살까지 거슬러 올라가야만 했다.

폴은 이 상봉에 경탄하고 말았다. 난데없는 그의 투시력이 만일 사랑에만 국한되지 않았더라면 필경 그의 놀라움은 끝이 없었을 것이다. 이제는 폴도 어떻게 운명이 레이스 짜는 여인들의 뜨개질 동작을 천천히 흉내

내면서, 그리고 우리들을 쿡쿡 찌르면서, 또 그 여인들의 바늘꽂이처럼 우리를 무릎에 올려두고서 일하는가를 깨달았을 것이다.

정리하고 안정하기에는 도무지 알맞지 않은 이 방에서 폴은 사랑을 몽상하였다. 처음에는 현세적인 어떠한 형태로도 아가트를 자기의 사랑과 결부시키지 않았다. 혼자서 흥분하고 있을 뿐이었다.

그러다가 문득, 거울에 비치는 얼빠진 것 같은 제 얼굴을 보고는, 여태껏 어리석게도 얼굴을 찌푸렸던 것이 부끄러워졌다. 폴은 악을 그렇게 악으로 갚는 거라고 생각해 왔던 것이다. 그런데 자기의 악은 선이 되어버렸다. 이제는 한시바삐 선을 선으로 돌려줘야 한다. 그런 것을 할 수가 있을까? 자기는 사랑하고 있다. 그렇다고 자기의 사랑은 상호적이라든지 언젠가는 상호적이 될 거라는 것을 의미하는 것은 아니었다.

사람들로 하여금 자기에 대한 존경심을 불러일으킬 수 있다고 상상할 수 없었으므로 그는 아가트가 자기에게 보내는 존경심마저 하나의 혐오라고 생각하였다.

이런 생각에서 오는 괴로움은 그가 자기의 자존심에서 우러나온다고 믿고 있는 영문 모를 괴로움과는 이미 아무런 관계도 없었다, 괴로움은 물밀듯이 그에게 배어들면서 애를 태우고 하나의 해답을 요구하였다. 괴로움은 잠시도 가만히 있지 않았다. 행동해야 한다, 해야 할 일을 찾아내야 한다, 하지만 감히 터놓고 말하지는 결코 못할 텐데, 게다가 무엇부터 말하면 좋을까?

그들에게 공동적인 종교 의식과 그 종파 분열은 음모를 꾸미는 것을 퍽 힘들게 해놓았다. 그리고 그들의 혼란된 생활 양식도 어떤 특별한 사항을 인정하는 적이 별로 없으므로, 감히 말을 꺼낸다 하더라도 십중팔구는 진담으로 곧이듣지 않을 것이다.

편지를 쓸 생각이 났다. 돌이 하나 내던져져서 잔잔한 수면에 파문을 일으킬 참이었다. 두번째 돌팔매는 다른 결과를 자아낼 것이다. 어떠한 결과일지는 예상할 수 없지만 자기 대신 만사를 결정해 줄 것이다. 이 편지(속달)가 누구의 손에 넘어갈지는 알 수 없다. 모두 모여 있는 한복판에 떨어지든지, 아가트의 손안에 떨어지든지 경우에 따라서 작용도 다를 것이다.

그는 자기의 불안한 마음을 숨기고 내일까지 뾰로통한 채 지내기로 하였다. 그것을 이용해서 편지도 쓰고 새빨개진 얼굴도 안 보이려는 것이었다.

이 계교는 엘리자베스의 애를 태우고 가엾은 아가트를 무기력하게 했다. 아가트는 폴이 자기에게 반감을 품고 있으며 자기를 보지 않으려 한다고 생각했다. 이튿날 그녀는 병을 앓고 자리에 드러누워 저녁도 자기 방에서 먹었다.

제라르와 마주보며 음울한 저녁식사를 마치자 엘리자베스는 제라르를 폴에게로 몰아세우면서, 어떻게든 방 안에 들어가서 잘 구슬려 속을 털어놓게 하고, 무슨 일로 우리에게 화를 내고 있는지 꼭 좀 알아보라고 신신당부하였다. 그 동안 자기는 아가트의 감기 시중을 들어 주겠노라는 것이었다.

그녀는 아가트가 배를 깔고 엎드려 얼굴을 베개에 파묻은 채로 눈물에 젖어 있는 것을 보았다. 엘리자베스는 창백한 안색이었다. 무언지 뒤숭숭한 집 안 분위기가 그녀 영혼의 잠자는 층(層)을 깨워 놓은 것이었다. 그녀는 비밀의 냄새를 맡고, 어떠한 비밀인지 생각해 보았다. 호기심은 이제 끝이 없었다. 그녀는 가엾은 처녀를 위로하고 쓰다듬어 주며 드디어 고백하게 하였다.

"난 그일 사랑해. 정말 깊이 사랑하고 있어. 그런데 그인 나를 거들떠보지도 않는 거야."

아가트가 흐느껴 울었다.

그러니 결국 상사병이었군. 엘리자베스는 미소를 지었다.

“어머나, 이 귀여운 바보 좀 봐,”

아가트가 말하고 있는 상대가 제라르인 줄만 여겼기 때문에 그녀는 버럭 소리를 질렀다.

“도대체 무슨 권리로 걔가 너를 무시한단 말이니? 무슨 권린지 알고 싶다, 애. 너한테 걔가 그런 말을 했니? 아니야! 그럼 뭐야? 복 터졌구나, 그 멍청이도! 넌 걔를 사랑한단 말이야. 걘 마땅히 너하고 결혼해야 돼, 너는 시집가야 하고.”

아가트는 엘리자베스가 자기를 조롱하는 대신 선뜻 지어주는 이 의외의 해결과 이 누이의 솔직한 말씨를 대하자, 그만 정신이 아뜩하여지고 마음이 푹 가라앉아 울음을 터뜨리고 말았다.

“리즈……”

그녀는 젊은 미망인의 어깨에 기댄 채 중얼거렸다.

“리즈, 너는 마음이 좋아, 너는 정말로 마음이 좋아……. 하지만 그인 날 사랑하지 않아.”

“틀림없니?”

“그럴 리가 없는데, 뭘……”

“그래도, 애, 너도 알지만 제라르는 수줍어하는 성격 아니니……”

그러고서 어깨는 아가트의 눈물로 젖은 채 엘리자베

스는 쓰다듬고 달래면서 말을 계속하였다. 그러자 아가트가 별안간 몸을 일으켰다.

"하지만……리즈……제라르가 아니야. 내가 말하는 건 폴이야!"

엘라자베스가 벌떡 일어섰다. 아가트는 더듬거렸다.

"용서해 줘……날 용서해 줘……."

눈을 부릅뜨고 두 손을 축 늘어뜨린 엘리자베스는 마치 저 병자의 방에 있었을 때처럼 선 채로 온몸이 잠겨 들어가는 것을 느꼈다. 그리고 지난날 엄마가 엄마 아닌 어떤 죽은 여인이 되어가는 것을 보던 때처럼 아가트를 물끄러미 바라보았지만, 눈물에 젖은 소녀 대신에 음울한 또 하나의 아탈리의 모습, 집 안에 숨어든 여자 도둑의 모습밖에는 보이지 않았다.

그녀는 자세히 알고 싶어졌다. 그러나 자신을 진정시켰다. 그녀는 침대가로 가서 걸터앉았다.

"폴이야? 뭐가 뭔지 어리둥절하구나. 그런 줄이야 누가 짐작이라도 했겠니……."

그녀가 상냥하게 말하였다.

"정말 놀랐구나! 정말 혼란스러워. 도무지 정리가 안 돼. 빨리 이야길 해봐, 얼른."

그러고는 또다시 안아 주고 쓰다듬어주며 속이야기가 나오도록 은근한 꾀로 설득시킨 끝에 깊숙이 감추었던 한 무더기의 감정을 기어코 양지로 끌어내고야 말았다.

아가트는 눈물을 닦고 코를 풀었다. 애무와 설복에 몸을 맡기고 자기의 마음속을 모두 털어놓았다. 감히 자기 자신에게도 입밖에 내어 말하지 못하였을 고백을 엘리자베스에게 다 털어놓았다.

엘리자베스는 이 겸허하고도 숭고한 사랑의 이야기에 조용히 귀기울이고 있었다. 그러나 폴의 누이의 목과 어깨에 기대어 이야기를 하고 있는 이 소녀가, 만약 자기의 머리칼을 기계적으로 어루만지고 있는 그 손 위의 인정 없는 재판관의 얼굴을 힐끗 보기만 하였더라면, 소녀는 너무나 놀라 어리벙벙하지 않을 수 없었을 것이다.

엘리자베스는 침대가를 떠났다. 그녀는 쓴웃음을 짓고 있었다.

"내 말 들어 봐."

하고 그녀가 말했다.

"푹 쉬고 맘을 가라앉혀라. 이런 거야 아주 간단한 일이잖니. 내가 가서 폴하고 의논해 볼게."

아가트는 질겁하여 벌떡 일어섰다.

"안 돼, 안 돼! 그이가 조금이라도 눈치를 채서는 안

돼! 정말 너한테 빈다! 리즈, 리즈, 그이한테 이야기하
지 마……."

"맡겨 둬라, 나한테. 넌 폴을 사랑하고, 그러니깐 폴
도 너를 사랑하고 있기만 하면 만사가 제대로 되는 거
잖니. 왜 내가 널 배반할 줄 아니? 잠자코 있어 봐. 난
시치밀 뚝 떼고 걔한테 물어볼게. 걔 마음이 어떤지 알
아낼 테야. 날 믿어. 잠이나 자고 네 방에서 꼼짝 말고
있어, 응."

엘리자베스는 층계를 내려갔다. 그녀는 타월로 만든
화장복을 걸치고, 허리를 넥타이로 졸라매고 있었다.
화장복은 질질 끌려 걸음을 걷기가 거북하였다. 그러나
그녀는 기계적으로 내려갔다. 그녀에게는 단지 소음만
이 들리는 하나의 메카니즘이 깃들어 있었다. 메카니즘
은 그녀를 조종하고, 화장복 자락이 샌들에 밟히지 않
도록 하고, 그녀를 오른쪽 또는 왼쪽으로 돌게 명령을
내리고, 문을 열었다 닫았다 하게 하였다. 그녀는 자동
인형이 된 것 같은 느낌이었다. 일정수(一定數)의 동작
을 할 수 있도록 태엽이 감기고, 도중에 저절로 부서지
지 않는 한 끝까지 동작을 완수해야만 하는 자동 인형
과 같은 느낌이었다. 가슴은 사뭇 도끼질하듯 두근거리
고, 귀는 쾅쾅 울렸다. 활발한 그녀의 발걸음에 어울리

는 아무런 생각도 떠오르지 않았다. 꿈은 이처럼 다가오면서 사고(思考)하는 무거운 발자국 소리를 들려주며, 나는 것보다 가벼운 걸음걸이를 우리에게 부여하고, 또 동상(銅像)의 무게와 잠수부의 날렵함을 한데 결합하는 것이다.

엘리자베스는 무겁고도 가볍게 훨훨 나는 것같이 머릿속이 텅빈 채 복도를 따라 걸어갔다. 그녀의 화장복은 원시인들에게 초자연적인 인물의 출현을 알려주는 그 물끓는 듯한 소리로써 그녀의 뒤꿈치를 에워싼 듯하였다. 머릿속은 망막한 소음만이, 가슴속은 나무꾼의 규칙적인 도끼질만이 가득 차 있었다.

그때부터 이 젊은 여인은 도중에서 그만둘 수가 없었다. '방의 정령'이 그녀에게로 옮겨 앉아 그녀를 대신하고 있었다. 그것은 마치 사업가를 붙들고서는 파산을 방지할 수 있는 명령을 구술(口述)하고, 배꾼에게는 배를 구조하는 동작을 가르치며, 범인에게는 알리바이를 확증하는 몇 마디 말을 구술해 주는 그러한 정령과 똑같았다.

이러한 걸음걸이로 그녀는 텅빈 그 넓은 방으로 통하는 조그마한 층계 앞에 이르렀다. 제라르가 그 방에서 나오는 길이었다.

"지금 찾으러 가는 참인데."

하고 그는 말을 이었다.

"폴이 좀 이상해. 나더러 너를 찾아오라는 거야. 병자
는 어떠니?"

"머리가 아프대. 좀 자게 해달라고 그러더라."

"지금 올라가 볼 셈인데."

"가지 마. 쉬고 있으니깐, 내 방에나 가 있어. 폴 좀
보고 올 동안 내 방에서 날 기다려줘."

제라르의 수동적인 복종을 확신하고선 엘리자베스는
방에 들어섰다. 일순간, 옛날의 엘리자베스가 눈을 떴
다. 그녀는 가짜 달과 가짜 눈[雪]의 비현실적인 장난,
반짝거리는 리놀륨 바닥, 그 빛을 반사하는 부서진 가
구들, 그리고 한복판에 있는 중국 시가(市街), 그 성스
러운 울타리, 그 방안을 지키고 있는 접었다 폈다 할
수 있는 높직한 성벽 등을 물끄러미 살펴보았다.

그녀는 벽을 빙 돌아 병풍 한 귀를 젖혔다. 바닥에
털썩 주저앉아 있는 폴을 발견하였다. 그는 가슴과 고
개를 이부자리에 파묻고서 울고 있었다. 폴의 눈물은
지난날 파괴된 우정 위에 쏟던 그런 눈물이 이미 아니
었다. 아가트의 눈물과 같은 것도 아니었다. 눈물은 속
눈썹 사이에 맺혀서 점점 굵어지다가 넘쳐 나오면서 한

참씩 사이를 두고 뚝뚝 떨어져서는, 한 바퀴 빙 돌아 벙긋 열린 입 언저리에 다시 모였다가 다른 눈물방울들처럼 흘러내렸다.

폴은 그 속달이 급격한 결과를 초래한 것이라고 예기하고 있었다. 아가트가 여태껏 그 속달을 받아보지 않았을 리는 없지 않은가. 그런데 아무런 반응이 없고 보니 이렇게 기다리는 것은 참으로 죽을 지경이었다. 신중하게 하자, 잠자코 있자 하고 자신에게 맹세한 그 기약조차도 이제는 그를 팽개쳐버렸다. 무슨 일이 있어도 하여간 알고 싶었다. 애매한 이런 상태는 더 이상 견뎌낼 수 없었다. 엘리자베스는 아가트의 방에서 오는 길이다. 그가 누이에게 물어보았다.

"무슨 속달 말이니?"

평상시대로 행동하는 엘리자베스였다면 두말없이 말다툼을 벌여 놓았을 것이었다. 갖은 욕설을 퍼부으면서 폴로 하여금 입을 다물게 하거나, 마지못해 대꾸를 내뱉게 하거나, 혹은 그러다가는 더 큰 소리로 고함을 지르게 하면서 그녀 자신의 기분을 금세 풀어버렸을 것이다. 그러나 이 재판관 앞에서, 너무나도 상냥한 이 재판관 앞에서 폴은 자백하지 않을 수 없었다. 그는 자신의 깨달음과 이런 일에 대한 자신의 서투름, 그리고 속달을 부쳤다는 이야기 등을 자백하고서, 아가트가 자기를 싫어하는지 어쩐지 제발 좀 말해 달라고 누이에게 졸랐다.

연달은 이 타격은 자동 인형의 활동을 개시하고 진행의 방향을 돌리게 하는 결과를 초래하였다. 엘리자베스는 속달 이야기에 소스라쳐 놀랐다. 아가트가 빤히 알면서도 자기를 곯려 주려는 것일까? 속달을 뜯어보는 것을 잊어버렸다가 나중에야 글씨를 알아보고 지금쯤 뜯고 있는 중일까? 이제 곧 아가트가 나타나지 않을까?

"잠깐만 날 기다리고 있어라, 응."

하고 그녀가 말했다.

"너한테 정말 중요한 말을 할 게 있어. 아가트는 네가 부친 속달 이야기는 하지 않더라. 그렇지만 속달이 저절로 날아가겠니. 어디 꼭 있을 거야. 내가 다시 올라가 볼게. 곧 돌아오마."

그녀는 뛰쳐나왔다. 그러고는 아가트의 하소연을 상기하면서, 혹시 속달이 현관 입구에 그대로 놓여 있지 않을까 자문해 보았다. 외출한 사람은 아무도 없다. 제라르는 편지 같은 것은 상관하지 않는다. 집배원이 아래층에 놓아두고 갔다면 아직도 거기에 있을 것이다.

속달은 역시 거기 있었다. 구겨지고 안으로 접혀진 누런 봉투 하나가 마치 가랑잎같이 쟁반 위에 놓여 있었다.

그녀는 불을 켰다. 폴의 글씨였다. 굵직굵직한 열등생의 글씨였다. 그러나 겉봉엔 제 자신의 이름이 적혀 있었다.

폴은 폴에게 편지를 쓴 것이다! 엘리자베스는 겉봉을 찢었다.

이 집안 사람은 편지라는 것과 관계가 없었다. 아무거나 잡히는 대로 그 위에 쓰게 마련이었다. 그녀는 한 장의 바둑판 무늬진 무명(無名)의 편지지를 펼쳐들었다.

'아가트, 골내지 마. 나는 너를 사랑하고 있다. 나는 바보였다. 나는 네가 나를 나쁘게만 여기는 줄 믿고 있었다. 나는, 내가 너를 사랑한다는 것을 깨달았다. 그리고 네가 나를 사랑해 주지 않는다면 나는 죽어버리게 되리라는 것을 깨달았다. 회답해 주기를 무릎 꿇고 빈다. 나는 괴로운 마음이다. 나는 회랑에서 꼼짝하지 않겠다.'

엘리자베스는 혀를 삐쭉 내밀고 어깨를 흠칫했다. 주소가 같은 주소이기 때문에 뒤섞인데다, 잔뜩 조급해진 폴은 제 이름을 겉봉에 써놓은 것이다. 그녀는 이것이 폴의 수작이라는 것을 빤히 알고 있었다. 그 버릇은 좀처럼 달라지지 않을 것이다.

속달이 현관에 머물러 있지 않고 바퀴굴리기 놀음의 쳇바퀴처럼 제 손에 되돌아온 줄 알게 되면, 폴은 이 되돌아옴 그것만으로도 낙담해 버릴 게다. 편지도 북북 찢고 희망도 저버릴 정도일 게다. 엘리자베스는 폴의 얼빠진 실수가 빚어놓을 난감한 결과를 그를 위하여 없애리라 마음먹었다.

그녀는 현관의 탈의실에 딸린 화장실로 들어가서 속달을 찢어버리고는 흔적도 남지 않게 말끔히 없애버렸다.

불행한 동생 곁에 다시 돌아오자 그녀는 거침없이 늘어놓았다. 지금 아가트의 방에서 오는 길이다, 가보니 아가트는 잠들어 있었고 속달은 옷장 위에 내버려져 있더라, 빛깔이 누런 봉투인데 부엌에서 쓰는 종이가 비죽이 내밀고 있더라, 이 봉투를 알아낼 수 있었던 것은 그 전에 폴의 책상 위에서 똑같이 생긴 봉투 한 묶음을 본 적이 있었기 때문이다, 등등.

"그래, 갠 편지 애긴 꺼내지도 않았어?"

"그럼. 난 내가 그 봉투를 봤다는 걸 아가트에게 알리고 싶지 않아. 무엇보다도 말야, 걔한테 아무 말도 물어봐서는 안 돼. 우리가 비치는 말 같은 건 꿈에도 생각해 보지 않았다고, 그렇게 대꾸할 게 뻔한데 뭘."

폴은 그 편지가 어떠한 결말을 가져올 것인지 상상해 보지도 않고 있었다. 욕망은 그로 하여금 막연히 성공하리라는 생각을 갖게 하였다. 폴은 이러한 심연, 이러한 함정이 있으리라고는 전혀 예상치 못하였다. 눈물은 반듯한 그의 얼굴에 흘러내렸다. 엘리자베스는 위로하면서, 그 꼬마 계집애가 제라르에게 품은 애정을 그녀에게 들려준 장면이라든지, 제라르의 애정, 그리고 그들의 결혼 계획 등을 세세히 이야기했다.

"거 참, 이상도 하다."
하고 그녀는 힘을 주어 말했다.
"제라르가 너한텐 그런 이야기를 하지 않은 게 이상하잖니. 나야 제라르를 벌벌 떨게 하고 최면술을 걸지만, 너하곤 그렇지도 않잖아? 아마 네가 자기네 두 사람을 마구 놀려댈 줄 생각했던 게지."

폴은 잠자코 엘리자베스가 터놓는 이야기를 들으면서 생각지도 않았던 이 이야기의 씁쓸한 맛을 느끼고 있었다. 엘리자베스는 자기의 논리를 전개하였다. 폴도 정신이 나간 게로구나! 아가트는 단순한 꼬마 계집애고 제라르는 맘씨 좋은 애가 아니야, 천정배필로 생겨 먹었다. 제라르의 삼촌도 다 늙지 않았느냐, 제라르는 이제 돈도 많아질 게고 자유로우니 아가트와 혼인을 하고서는 알뜰한 부르주아 가정을 이룩할 게다, 그애들의 행운에는 아무런 장애도 없다, 옆에서 공연히 가로질러 나서거나 평지풍파를 일으키거나 그래서 아가트가 절망하게 된다거나 그들의 앞날을 망쳐놓는 것은 아주 몹쓸 일이다, 그렇지 분명히 죄스러운 일일 게다, 폴이 그런 짓을 할 리가 없다. 난데없는 변덕 바람에 휩쓸려 행동하고 있는 것이다.

다시 한번 곰곰이 생각해 보면 그들이 나눠 가진 사랑에 대하여 그따위 변덕이 맞서지 못한다는 것은 저절로 이해하게 될 것이다.

한 시간 남짓, 그녀는 말하고 또 말하여 정당한 입장을 변호하였다. 혼자 가뜩이나 흥분하여 송사(訟事)를 시작하였다. 그녀는 울먹울먹하기조차 하였다. 폴은 점점 고개를 숙이고 누이 말에 연방 끄덕이면서 두 손으로 머리를 싸안고 있었다. 입을 꼭 다물고 있을 것이며, 그 젊은 한 쌍이 내력을 알려줄 때면 기꺼운 안색을 보이겠다고 약속하고 말았다. 아가트가 그 속달에 대하여 잠자코 있는 것은 그 편지를 난데없는 변덕으로 돌려 깨끗이 잊어버리고 아무런 앙심도 품지 않으려는 결심을 증명하는 것이다. 하지만 편지를 읽은 후에는 제라르가 깜짝 놀라면서도 인정치 않을 수 없는 어떤 난처함이 줄곧 남아 있기 쉬울 것이다. 그러나 약혼만 하고 나면 모든 것이 제대로 규정지어질 것이며 그들의 마음도 풀릴 것이다. 그런 뒤에 신혼여행까지 마치고 보면 이런 난처함은 말끔히 씻겨버릴 것이다.

엘리자베스는 폴의 눈물을 닦아주고 입을 맞추고는 이불깃을 접어주고 그 우리를 나왔다. 자기의 과업을 행해야 했던 것이다. 살인자는 일격(一擊), 또 일격을 가하면서 숨조차 돌려 쉴 틈도 안 준다는 사실을 그녀의 마음속에 있는 본능은 잘 알고 있었다. 그녀는 마치 밤거미처럼 길게 거미줄을 뽑아가면서 어둠 속에서 사방으로 그물을 얽고, 무겁고도 가벼우며 그칠 줄 모르는 듯한 걸음을 계속하였다.

제라르는 그의 방에 있었다. 그녀를 기다리다 지쳐 있었다.

"그래 어떻게 됐니?"
하고 그는 소리질렀다.

엘리자베스가 버럭 역정을 냈다.

"그래, 넌 그 아우성치는 버릇을 영 버리지 않을 셈이니? 고함을 지르지 않곤 말을 못해? 어떻게 됐냐고? 폴이 병났지 뭘. 그앤 바보라 제 몸에 병이 난 줄도 모르지 않니. 눈이나 혓바닥을 살펴보기만 하면 대번에 알 수 있지. 신열이 있어. 감긴지 재발한 건지는 의사 선생님이 보아주시겠지. 난, 그저 꼭 자리에 누워 있고 너도 만나지 말라고 명령해 두었어. 너 그애 방에서 잘 셈이니……?"

"아냐, 가야겠어."

"거기 있어 봐, 말할 게 있어."

엘리자베스가 정색하며 말했다. 그녀는 제라르를 앉게 하고서 방 안을 왔다갔다했다. 그러고는 아가트를 어떻게 할 셈이냐고 물었다.

"뭘 어떻게 해?"

하고 제라르가 되물었다.

"뭘 어떻게 하느냐고? 그게 무슨 수작이니?"

하고 그녀는 거칠고 거만한 목소리로 덮쳐 물었다.

"넌 나를 놀려대는 거니? 아가트가 너를 사랑하고 있으며 청혼을 바라고 있는 것을, 또 네가 아무 말도 없는 까닭이 도대체 무엇 때문인지 근심에 잠겨 있는 것을 정말 모른다고 잡아떼기야?"

어안이 벙벙한 제라르는 멍하니 두 눈을 부릅뜨고,

두 팔을 축 늘어뜨렸다.

"아가트가?"

그가 중얼거렸다.

"아가트가……!"

"그래 아가트가 말이야!"

하고 화를 내며 엘리자베스가 내쏘았다.

　도대체 장님이라도 이것은 너무 심하다, 아가트와 그만큼 나다녔으면 마땅히 깨달았어야 온당한 일이지 않느냐. 그러고서 엘리자베스는 차츰차츰, 제라르에 대한 그 소녀의 신뢰감을 애정으로 변용하여 일일이 날짜마저 주워대면서 증명을 해보이며 허다한 증거들로 제라르의 마음을 어쩔 수 없도록 흔들어 놓았다.

　그녀는 또 덧붙여 말했다. 아가트는 고민에 빠져 있다, 제라르가 엘리자베스, 자기를 사랑하고 있지나 않나 하고 상상하기 때문이다, 이것이야말로 희극이지 뭐냐, 아무튼 제라르와 나 엘리자베스로 말하면 재산으로 보더라도 도무지 격이 맞지 않는다고 했다.

　제라르는 쥐구멍에라도 기어들고 싶었다. 이렇게 치사한 나무람이란, 금전상의 문제에 전혀 개의치 않는 엘리자베스와는 너무나도 다른 수작이었기 때문에 제라르는 참기 어려운 괴로움을 느끼지 않을 수 없었다.

엘리자베스는 그를 눌러버리기 위하여 이런 괴로움마저 이용하려 들었다. 그리하여 제라르의 머리에 크나큰 타격을 연방 가하면서, 사랑 때문에 병이 난 듯한 그따위 눈초리로 다시는 나를 물끄러미 쳐다보지 말라는 둥 아가트와 당장 혼인하라는 둥, 그러나 내가 중간에서 거들어 준 역할은 결코 발설하지 말라는 것을 재삼 경고하였다.

내가 이런 역할을 떠맡게 된 것은 제라르가 너무나 장님이기 때문이고, 아가트가 내 덕택에 행복해졌다고 생각하면 나는 더 이상 기쁠 것이 없다는 것이었다.

"자."

하고 엘리자베스가 결론을 내렸다.

"한바탕 일을 해야겠구나. 넌 잠이나 자렴, 난 아가트한테 가서 소식을 전해야겠어. 넌 그애를 사랑하고 있는 거야. 여태껏 넌 과대망상에 빠져 있었던 거지. 번쩍 눈을 뜨고 자신을 축하하렴. 내게 입맞추고 '난 세상에서 제일 행복한 사냅니다.' 하고 자백해 봐요."

제라르는 어리벙벙한 채 줄곧 이끌려, 이 젊은 여인이 명령한 대로 자백하고 말았다. 그녀는 그를 가두어 버리고 다시금 거미줄을 계속하여 치면서, 아가트의 방으로 올라갔다.

살인범의 모든 희생자 중에서 한 젊은 처녀가 가장 심한 저항을 하는 수도 있다.

아가트는 타격에 비틀거리면서도 물러서려고 하지 않았다.

그러나 폴은 사랑을 할 수 있는 성미가 아니냐, 아무도 사랑하지 않기 때문에 아가트 너조차도 사랑하지 않는 폴이다, 그애는 자기 자신을 허물고 있는 애다, 그 이기주의의 괴물 녀석은 틀림없이 어리석은 여자 하나쯤은 망쳐 놓을 게다 하고 늘어놓았다. 곧이어 그것을 보면 제라르야 델 데 없이 훌륭하고 의젓한데다가 너한테 홀딱 반해 있지 않느냐. 앞날도 끄떡없이 책임질 수 있는 애다 하고 엘리자베스가 타이르는 광란의 다툼 끝에 기진맥진하여 쓰러진 젊은 이 처녀는, 자신을 꿈에다 비끄러매 놓던 굴레를 마침내 늦추어버리고 말았다. 머리카락은 엉켜붙고 얼굴은 젖혀진 아가트가 한손은 상처난 가슴에 대고, 또 다른 한손은 마치 조약돌인 양 마룻바닥에 떨어뜨린 채 이부자리 밖으로 늘어지는 것을 엘리자베스는 바라보았다.

그녀는 아가트를 일으켜 얼굴에 분을 발라주면서, 폴은 아가트가 고백한 말 같은 것은 짐작도 못하고 있으니 제라르와의 혼인을 기쁜 빛으로 알려주기만 하면 앞으로도 결코 눈치채지 못할 것이라고 단언하였다.

"고마워…… 고마워…… 넌 정말 마음이 좋은 애야……
…."

하고 불행한 처녀는 훌쩍거렸다.

"누가 너한테 그런 인사 하라고 그랬니? 자려무나."

엘리자베스는 이렇게 말하고 방을 나섰다.

그녀는 잠시 걸음을 멈춰 섰다. 포근하고 비인간적이
며 무슨 짐이라도 풀어버린 듯한 기분을 느꼈다. 층계
아래로 내려서려는 순간 그녀의 가슴은 다시금 울렁거
리기 시작하였다. 무언지 소리가 들렸다. 다시 발을 떼
어놓으려 할 때, 폴이 다가오는 것이 눈에 띄었다.

폴의 하얀 긴 가운이 어둠 속에 환히 비쳤다. 엘리자
베스는 대번에 알아볼 수 있었다. 폴은 몽마르트 거리
의 집에 살 때 자주 몽유병의 가벼운 발작을 일으키곤
하였다. 그녀는 들었던 발을 그대로 공중에 둔 채 옴쭉
달싹할 엄두도 나지 않아서, 층계 손잡이에 기대어 가
만히 있었다. 폴이 혹시나 꿈을 깨지 않을까, 아가트에
대하여 캐묻지 않을까 두려웠다. 그러나 폴은 그녀를
못 보았다. 그의 시선은 훨훨 나는 이 여인에게도 또는
둘레의 촛대 위에도 이미 머물러 있지 않았다. 층계를
물끄러미 쳐다보고 있었다. 엘리자베스는 제 가슴의 두

근거리는 소리, 나무꾼이 도끼를 후려치는 소리를 반드시 동생이 들을 것만 같아서 조마조마하였다.

잠깐 멈춰 서 있더니 폴은 오던 길로 되돌아갔다. 그녀는 뻣뻣해진 발을 내딛고서, 조용히 저쪽으로 멀어져 가는 동생의 발자국 소리에 귀를 기울였다. 그러고는 자기 방으로 돌아왔다. 옆방은 기척도 없이 잠잠하였다. 제라르는 자고 있을까? 그녀는 화장대 앞에 서 있었다. 거울은 그녀의 마음을 불안하게 하였다. 그녀는 눈을 내리깔고서 소름이 끼치는 손을 씻었다.

4

삼촌의 신병이 대단하였기 때문에 약혼과 결혼식을 서둘러 치렀다. 그 식들은 억지로 꾸며낸 기꺼운 기분으로 모두 제가끔 자기 역(役)을 해내어 너그러운 분위기로 거행되었다. 지나치게 신명이 난 폴, 제라르, 아가트 들에 의해 엘리자베스의 마음을 짓누를 정도로 가족끼리의 식이 거행되었다. 그곳에는 죽음 같은 침묵이 덮여 있었다.

엘리자베스는 마음속으로, 자기의 교묘한 솜씨가 그들을 흉사(凶事)에서 건져내었으며, 자기 덕분에 아가트는 폴의 방종에 희생되지 않았고, 또 폴은 아가트의 비천에 희생되지 않은 것이라고 생각해 보았으나 소용이 없었다. 또,

'제라르와 아가트는 같은 수준이다. 그들은 우리를 거쳐 서로를 찾고 있었다. 이제부터 1년 후에는 어린애도 하나 생길 게고 자기네들의 처지를 축복할 게다.'

하고 속으로 거듭거듭 되풀이해 보았으나 소용이 없었다. 마치 병리학적(病理學的) 수면에서 깨어난 때처럼 잔인한 그 밤의 거동을 잊으려 해보았어도 소용이 없었다. 그런 거동은 결국 보호자적인 슬기로써 실행한 것이라고 돌려대려고 하였으나 역시 아무 소용없는 일이었다.

막상 불행한 그들을 마주하게 되면 괴로움은 여전히 가시지 않았고, 그들 셋만 남겨 두는 일에 대해서도 여전히 두려움이 느껴졌다.

한 사람 한 사람에게는 마음이 놓였다. 자칫하면 그들에게 나쁘다고 여겨질지도 모를 사실들, 그녀의 악의 탓으로 돌릴지도 모를 사실들을 그들이 마주앉아 대심(對審)할 리 없다는 것은 그들의 세심한 맘씨가 보증하는 바였다.

어떤 악의가 있었다는 것일까? 무엇 때문에 악의를 품는다는 말인가? 어떤 동기의 악의라는 것일까? 엘리자베스는 자문해 보았지만 아무런 대답도 찾지 못하여 스스로 마음을 놓곤 하였다. 그녀는 이 불행한 애들을 사랑하였다. 그녀가 그들을 자기의 희생자로 만들었던 것은 그들에게 이로운 점을 살폈기 때문이고, 모름지기 자기의 열정 때문인 것이다. 그녀는 그들 위를 날면서

그들을 힘껏 거들어 주었고, 억지로라도 곤혹에서 끌어
내 주었던 것이다.

장래가 그들에게 그 곤혹의 증거를 내보여 주리라.
힘겨웠던 그 일은 그녀의 마음에 너무나도 무거운 짐을
지웠다. 하지만 그렇게 하지 않을 수 없었다.

'그렇게 하지 않을 수 없었지.'

마치 위험하기 짝이 없는 외과수술에 대해서라도 말
하는 듯이 엘리자베스는 거듭거듭 되풀이하였다. 그녀
의 장도칼이 메스가 된 것이다. 그날 밤 바로 결정을
내려야 했고 마취시켜야 했고 수술을 해치워야 했다.
결과는 이처럼 잘 되었다 하고 그녀는 은근히 기분이
좋아졌다.

그러나 아가트의 웃음소리가 그녀를 꿈에서 곤두박질
치며 추락하게 한다면, 그녀는 다시금 탁상에 쓰러져
그 거짓된 웃음소리를 듣고, 폴의 언짢은 얼굴 표정과
제라르의 상냥한 찌푸린 안색을 보게 될 것이다. 그러
고는 다시금 의구로 되돌아가서, 공포와 줄기찬 하나하
나의 세목(細目)과 이상한 그 밤의 환영 등을 부질없이
몰아내려고 그녀는 애쓰는 것이었다.

제라르와 아가트의 신혼여행은 오누이를 단둘이 남아
있게 하였다. 폴은 점점 시들어 갔다. 엘리자베스는 그

울타리를 함께 쓰면서 폴을 보살피고 밤낮을 가리지 않고 시중을 들었다. 의사는 여느때의 증상과는 다른 이번 이 재발에 대해 어리둥절하였다. 의사는 병풍 속에 있는 그 방을 둘러보고 어이없어했다. 그는 폴을 아늑한 방으로 옮겨놓으려고 하였다. 폴은 끝내 반대하였다. 폴은 보기 흉한 무명천을 둘러쓰고 살았다. 붉은 무명천으로 희미해진 불빛 밑에서 엘리자베스는 두 손에 볼을 파묻고 눈을 부릅뜬 채로 우울한 걱정에 가슴 아파하고 있었다. 붉은 천은 병자의 얼굴을 물들여, 소방차의 반사가 제라르를 속였던 것처럼 엘리자베스를 속였고, 이제는 오직 거짓말만 먹고 사는 그녀의 마음을 가라앉게 하였다.

삼촌의 별세는 제라르와 아가트를 불러들였다. 그들은 한 층을 온통 내주겠노라는 엘리자베스의 간청에도 불구하고 라피드 거리에 자리잡았다.

그것을 보고 엘리자베스는 이 부부가 사이좋게 지내며 평범한 행복—그들에게 알맞는 유일한 행복—을 얻은 것이고, 이제부터는 이 저택의 무질서한 분위기를 두려워하게 된 것이라고 추측하였다. 폴은 그들이 누이의 청을 승낙하지나 않을까 염려하고 있었다. 엘리자베스가 그들의 결정을 알려주자, 폴은 그제야 숨을 돌려 쉬었다.

"그들은 말야, 우리 따위가 자칫하다가 자기네 생활을 망쳐 놓지나 않을까 걱정하는 거야. 제라르가 이런 말을 직접 하진 않았지만 그애는 아가트가 우리 본을 딸까 봐 겁내고 있는 거라고. 내가 아무렇게나 꾸며내는 말은 아니야. 똑똑히 알아둬. 그 앤 제 삼촌이 돼버린 거야. 난 그저 어리벙벙해서 그애 말을 들었단다, 속으론 따지면서 말야. 그애가 연극을 하고 있나, 제 꼴이 우스꽝스런 줄이나 깨닫고 있나 하고."

때때로 부부는 에투왈 광장의 저택에 들러 점심이나 저녁을 먹었다. 폴은 일어나서 식당으로 올라갔다. 그러면 마리엣의 눈초리 밑에서, 불행을 냄새맡는 이 브르타뉴 태생의 할머니의 서글픈 눈초리 밑에서 다시금 억지 연극이 벌어지기 시작하는 것이었다.

5

어느 날 아침, 식탁에 앉으려는 참이었다.

"내가 누굴 만났는지 맞혀 보겠니?"

하고 제라르가 유쾌하게 폴에게 말을 걸었다. 폴은 되묻는 듯 입술을 삐죽내밀었다.

"다르즐로야!"

"거짓말?"

"정말이야, 정말 다르즐로야!"

제라르는 길을 건너가고 있었다. 소형 자동차를 몰고 오던 다르즐로가 하마터면 제라르를 칠 뻔하였다. 다르즐로는 차를 세웠다. 그는 제라르가 유산을 상속한 일과 삼촌의 공장을 경영하고 있는 일 등을 벌써 알고 있었다. 공장을 한 군데쯤 들러보고 싶다는 말도 했다. 하는 말이 척척 들어맞는 말뿐이었다.

폴은 그가 변했냐고 물었다.

"변함없더라. 좀더 창백해진 듯싶더라만…… 틀림없이

아가트의 오빠라고 할 만하던데? 그런데 말이야, 아주 대단히 상냥하더군. 인도차이나와 프랑스 사이를 왔다갔다 한다던데, 무슨 자동차의 대리 판매를 하는 거래."

다르즐로는 제라르를 호텔의 자기 방에 데리고 가서, 눈뭉치하고 자주 만나는지 물었다고 했다. '눈뭉치'란 눈뭉치를 얻어맞은 녀석, 폴을 말하는 것이었다.

"그래, 뭐라고 그랬니?"

"만난다고 했지. 그랬더니 이렇게 묻던데. '그녀석 지금도 독약을 좋아하니?' 하고 말이야."

"독약을요?"

아가트가 질겁하여 펄쩍 뛰었다.

"물론이지!"

하고 폴은 시비조로 소리를 질렀다.

"독약이라는 것은 말이야, 정말 희한한 물건이지. 교실에서 나는 그저 독약을 손에 넣는 것만 생각하고 있었지.('다르즐로가 노상 독약, 독약, 하는 바람에 나도 그 녀석 흉내를 냈었지' 하고 말하는 편이 더 정확했을 것이다)"

아가트는 그런 것으로 뭘 하느냐고 물었다.

"뭘 하긴."

하고 폴이 대꾸했다.

"뭘 하긴 뭘 해? 그저 가지고 있는 거지. 독약을 갖는다는 것은 희한하잖아! 독사나 만다라화(曼陀羅華)를 갖고 싶듯이 그저 독약이 있었으면 좋겠다는 거지. 지금 나한테 권총이 하나 있듯이. 이거야, 바로 이 기분이지. 알 수 있잖아! 이런 게 독약이지. 희한하잖아!"

엘리자베스가 대뜸 찬성하였다. 그녀는 아가트에 반대하여, 그리고 '방의 정령'을 따라 찬성하는 것이었다. 그녀도 독약을 퍽 좋아하였다. 몽마르트 거리에서 살던 무렵, 그녀는 곧잘 가짜 독약을 제조하여 약병에 채워 두고, 무시무시한 이름을 생각해 내 소름이 끼치는 이름을 붙여두곤 하였었다.

"어머나, 무서워! 제라르, 오누이가 미치지 않았수! 이러다간 결말은 중죄 재판소(重罪裁判所)예요."

아가트의 이러한 부르주아적 반발은 엘리자베스를 신명나게 하였다. 벌써부터 이러리라 예상했던 부부의 태도가 이것으로 또렷이 설명된 거다. 그러리라고 상상했다는 실례(失禮)도 이제는 이 반발로 청산한 셈이다.

그녀는 폴에게 눈을 껌벅해 보였다.

"다르즐로는……"

하고 제라르가 말을 이었다.

"중국·인도·앙티유 제도(諸島)·멕시코 등지의 독

약을 구경시켜 주던데. 화살촉 독약, 고문하는 독약, 복수하는 독약, 산 제물에 쓰는 독약 등 별의별 게 다 있더군. 자식이 싱글벙글하면서 이렇게 말했어. '학교를 집어치운 다음에도 나는 변하지 않았다고 눈뭉치한테 전해. 그때 내가 독약을 모았으면 하고 소원했었지만 지금 한창 모으고 있지. 아참, 이 노리개 좀 그녀석한테 갖다주렴.' 하고 말야."

제라르는 호주머니에서 신문지에 싼 작은 뭉치를 꺼냈다. 폴과 그의 누이는 조바심을 쳤다. 아가트는 방 저쪽 구석에 그대로 머물러 있었다.

그들은 신문지를 펼쳤다. 솜처럼 부드러운 중국 종이에 싸여, 주먹만한 크기의 거무죽죽한 덩어리가 들어 있었다. 베어낸 표면이 번쩍번쩍 빛나며 발그레해 보였다. 나머지 부분은 진흙빛으로 서양 송로(松露) 비슷한 물질로 되어 있는 듯했다. 싱싱한 흙덩이의 향기가 나는가 하면, 둥근 파와 제라늄의 에센스 같은 툭 쏘는 냄새를 풍겼다.

모두 잠자코 말이 없었다. 이 덩어리가 침묵을 가져온 것이다. 한 마리의 파충류인 줄 알았는데 대가리가 여러 개 달린 구렁이들이 도사린 무더기와도 같이 이 덩어리는 사람을 매혹하고 질색시켰다. 죽음을 향한 강렬한 환혹(幻惑)이 거기에서 발산되고 있었다.

"이건 약이야."

하고 폴이 말했다.

"이게 약이 되는 거야. 독 같은 건 없어."

그가 손을 뻗쳤다.

"만지지 마!(제라르가 그를 막았다) 독약이건 보통 약이건 다르즐로가 너한테 선사하는 것이지만 무슨 일이 있더라도 만지지는 말라고 경고했어. 게다가 넌 도무지 지각이 없어서 이런 고약한 것을 너한테 맡겨둘 수는 없겠어."

폴은 화가 났다. 엘리자베스의 의견이 옳다고 여겨졌다. 제라르는 우스꽝스럽기 짝이 없다. 제 삼촌이 다 된 줄 아는 모양이다, 등등······.

"지각이 없다고?"

엘리자베스가 코웃음치며 말했다.

"이제 알게 될걸!"

엘리자베스는 신문지로 덩어리를 싸쥐고서 테이블을 맴돌며 동생을 뒤쫓기 시작하였다. 그녀는 연방 소리를 질렀다.

"먹어 봐, 먹으래도!"

아가트는 그만 달아나고 폴은 펄쩍 뛰며 얼굴을 가렸다.

　"봐요, 이게 지각 없는 거야! 흥, 별놈의 헤로이즘도 다 있네?"

하고 엘리자베스는 헐떡거리면서 빈정거렸다. 폴도 지지 않고 응수하였다.

　"바보, 저나 먹어 보지!"

　"고맙다. 나더러 죽으라고? 그럼 넌 너무나 행복해질걸. 난 '우리' 독약을 보물에 넣어야겠어."

　"냄새가 옮을 거야."

하고 제라르가 말했다.

　"깡통에나 넣어두지 그래."

　엘리자베스는 덩어리를 싸서 마른 비스킷이 들어 있는 오래된 깡통에 담아서 어디론지 사라졌다. 권총과 콧수염이 달린 반신상, 책들이 그 위에 너저분하게 놓여 있는 보물장에 다다르자, 그녀는 서랍을 열어 다르즐로의 사진 위에 깡통을 얹었다. 혀를 비쭉이 내민 채, 마치 납인형에 바늘을 찌르는 방조질하는 여자들이 취하는 것 같은 자세로 천천히 정성 들여 깡통을 얹었다.

　폴은 학교 시절로 되돌아갔다. 그 무렵에는 다르즐로의 시늉만 내면서 야만인과 독화살 이야기 외에는 다른 이야기를 하는 적이 없었다. 다르즐로의 찬사를 받아보려고 우표의 접착면에다 독약을 바르는 방법으로 대량 살인을 할 계획도 세워 보고, 그 괴물 같은 소년에게 아첨하면서 독약이 사람을 죽인다는 사실을 한시도 잊지 않고 지냈었다.

다르즐로는 어깨를 으쓱하고 돌아서면서 폴을 못난 계집애라고 불렀다.

다르즐로는 제 말이라면 뭐든지 솔깃하여 귀담아 듣던 이 노예를 잊어버리지 않고 있었다. 그리하여 그는 지금 자신의 조롱을 대성(大成)한 것이다.

독약 덩어리가 집 안에 존재한다는 사실은 오누이를 잔뜩 흥분시켰다. 방 안에는 남모르는 힘이 넘쳤다. 그것은 혁명 부대의 목숨 있는 폭탄이 되었고, 가슴이 격노와 애정의 별[星]이었던 저 러시아 처녀들 중의 한 사람으로 만들었다.

그런데다 폴은 엉뚱한 짓을 자랑삼아 해치우는 일, 아가트를 깔보며 덤벼드는 일에 신이 났다. 엘리자베스의 말에 의하면 아가트는 그런 엉뚱한 짓에서 기어코 그를 떼어내겠노라고 마음먹고 있다는 것이다.

엘리자베스 역시, 엉뚱한 짓이건 위태한 짓이건 서슴치 않고 해치우는 그 옛날의 폴, 보물의 의의를 지키는 옛날의 그 폴을 보는 게 기뻤다.

독약 덩어리는 그녀에게 치사한 분위기에 대항하는 무게를 상징해 주었고, 아가트의 지배력이 점점 몰락한다는 희망을 품게도 해주었다.

그러나 하나의 마스코트만으로는 폴의 병을 낫게 하기에는 결코 충분치 않았다. 폴은 맥없는 상사병을 오래 끌면서, 점점 무기력해지고 식욕마저 잃어갔다.

6

이 저택에서는 일요일이면 온 집안 사람들에게 휴가를 주는 앵글로색슨 식의 관습이 지켜지고 있었다. 마리엣 할머니는 빨병과 샌드위치를 준비하고서 동료들과 함께 나들이를 갔다. 그녀들의 청소를 거들던 운전수는 자동차를 한 대 끌어내어 지나가는 손님들을 태우러 나갔다.

그 일요일에 눈이 내리고 있었다. 의사의 지시에 따라 엘리자베스는 커튼을 드리운 자기 방에서 쉬고 있었다. 시간은 5시, 폴은 오정부터 선잠이 들어 있었다. 그는 누이에게 자기를 좀 혼자 있게 해주고, 그녀는 자기 방에 올라가서 의사 선생님 말대로 해달라고 당부한 것이었다. 엘리자베스는 잠결에 이런 꿈을 꾸었다.

폴이 죽어버렸다. 그녀는 회랑 비슷한 어떤 숲을 가로질러 가고 있었다. 회랑 비슷하다는 것은 나무그늘로 가려진 높직한 유리창에서 빛이 들어오기 때문이었다.

당구대, 의자가 여러 개, 숲속의 빈터를 꾸미고 있는 테이블 등이 그녀의 눈에 띄었다. 그래서 그녀는 생각했다. ‘저 등성이까지는 꼭 가야겠다.’ 꿈에서는 등성이가 당구대의 이름으로 되어 있었다. 걷기도 하고 빨리 걸음을 재촉했지만 아무래도 그 등성이에는 다다르지 못하였다. 지쳐서 드러눕자 잠이 들었다. 별안간 폴이 그녀를 깨웠다.

“폴!”

하고 그녀가 부르짖었다.

“오오! 폴, 넌 그래 죽지 않았구나?”

그러자 폴이 대꾸했다.

“아냐, 난 이미 죽었어. 하지만 너도 지금 막 죽었어. 그렇기 때문에 나를 만날 수 있는 거야. 인제부턴 영원히 함께 사는 거야.”

그들은 다시 걷기 시작했다. 한참 걷고 나서야 등성이에 다다랐다.

“들어 봐.”

하고 폴이 말했다.(그는 자동 채점기 위에 손가락을 댔다)

“들어 봐, 잘 있으라는 벨이야.”

채점기는 전속력으로 움직이며 딸깍딸깍하는 전신(電

信) 소리로 빈터를 채웠다…….

엘리자베스는 땀에 흠씬 젖은 채 무서운 얼굴을 하고 침대 위에 앉았다. 초인종이 요란하게 울렸다. 그녀는 집 안에 하인들이 없다는 생각이 났다. 그래서 여전히 악몽에 짓눌린 채 층계를 내려갔다. 하얀, 돌연히 이는 바람과 함께 아가트가 머리를 온통 헝클어뜨린 채로 현관으로 뛰어들어왔다. 그리고 외쳤다.

"폴은?"

엘리자베스가 정신을 차려 꿈에서 깨어났다.

"뭐, 폴은 왜?"

하고 그녀는 물었다.

"무슨 일이니? 혼자 있게 해달라고 그랬어. 보통 때같이 잠자고 있을 거야."

"빨리, 빨리!"

하고 여자 손님이 헐떡거렸다.

"빨리 가봐! 독약을 먹는다고 편지했어. 내가 와도 이미 늦었을 거라고! 제 방에서 너를 떨어져 있게 할 거라고!"

마리엣 할머니는 그 편지를 4시에 제라르의 집에 전해 주었다.

아직도 내가 잠자고 있나, 이것도 아까 꿈의 연속인

가 하고 속으로 반문하면서 화석처럼 서 있는 엘리자베스를 아가트는 사정없이 떠밀었다. 가까스로 두 젊은 여인은 뛰기 시작하였다. 하얀 나무들과 그 돌연히 일어나는 바람은 회랑 안에서 꿈을, 엘리자베스의 꿈을 계속케 했다. 저쪽에는 당구대가 여전히 그 등성이었고, 또 그곳은 현실이 악몽에서 도저히 끌어낼 수 없는 지진이 스치고 지나간 폐허와 다름없었다.

"폴, 폴! 대답해! 폴!"

불빛에 환한 울타리는 잠잠하였다. 흑사병의 악취가 풍겨나왔다. 들어서자마자 대번에 재앙을 발견했다. 죽음의 향기가―젊은 여인들이 곧 알아차린, 서양 송로와 둥근 파와 제라늄의 그 시커멓고 발그레한 냄새가―울타리 안에 넘쳐 회랑에 퍼지고 있었다. 누이와 같은 타월로 만든 가운을 입고 폴이 쓰러져 있었다. 눈망울은 돌연히 일어나는 바람을 따라 숨을 쉬면서, 이제는 코와 광대뼈만이 빛을 받고 있는 창백한 얼굴 위에 그림자의 위치를 바꾸고 있었다.

의자 위에는 남은 독약 덩어리, 한 컵들이 물병, 다르즐로의 사진 등이 어지럽게 뒤섞인 채 이웃하고 있었다.

참된 드라마의 연출은 사람들이 상상해 내는 그 어떤 것과도 전혀 비슷하지 않다. 그 단순함, 그 엄청남, 기

묘한 하나하나의 세목 등은 우리를 어리둥절하게 만든
다. 젊은 여인들도 처음에는 어리둥절하여 서 있을 뿐
이었다. 불가능을 인정하고 받아들이며, 미지의 폴을
본인이라고 굳이 믿어야만 했다.

아가트는 뛰어들어 무릎을 꿇고 폴이 숨쉬는 것을 확
인하였다. 그녀는 실오라기 같은 희망을 보았다.

"리즈."

하고 그녀가 애원했다.

"우두커니 서 있지만 말고 옷 좀 갈아입혀요. 소름끼
치는 이 물건이 어쩌면 마약일지도 몰라. 목숨에는 관
계없는 약일지도 몰라. 빨병 좀 찾아줘요. 얼른 뛰어가
서 의사 선생님도 불러오고."

"의사 선생님은 사냥 가셨어……."

하고 불행한 여인은 중얼거렸다.

"일요일인데, 아무도 없어……아무도!"

"빨병 좀 찾아오래도, 어서! 어디! 숨은 있지만 얼음
장 같애. 따뜻한 탕파가 있어야겠어. 따끈한 커피를 먹
여야겠어."

엘리자베스는 아가트가 정신이 있는 게 놀라웠다. 어
쩌면 저애는 폴을 만지고 말을 하고 설칠 수가 있을까?
따뜻한 탕파가 있어야 한다는 것을 어떻게 알까? 어쩌

면 저렇게도 저애는 눈〔雪〕과 죽음의 이 숙명에 대하여 이상적인 힘을 맞세우는 것일까?

느닷없이 그녀는 온몸을 흔들었다. 빨병은 그녀 방에 있었다.

"폴을 좀 덮어주렴!"

하고 그녀는 울타리 밖에서 말을 던졌다.

폴은 숨을 쉬고 있었다. 이 독약이 그저 약에 지나지 나 않을까, 분량이 엄청나게 많았으나 죽는 데는 충분하지 못한 게 아닐까 하고 자문하게 하던 그런 징후가 네 시간 남짓 지나자, 괴로운 단계를 벗어났다. 수족은 이미 존재하지 않았다. 폴은 그저 하늘거리는 듯하였다. 예전의 그 행복한 느낌을 거의 다시 찾은 듯했다. 그러나 속이 바싹 말라들고 침이 완전히 말라버려서 목젖과 혓바닥이 타오르고, 아직도 감각이 남아 있는 피부는 참을 수 없이 묵직한 느낌이었다. 그는 물을 마시려고 하였다. 그러나 동작은 헛나가기만 하여 물병은 의자 위에 있는데 다른 곳에서 찾아 헤맸다. 얼마 안 있어 팔다리가 뻣뻣해지면서 다시는 꼼짝도 못하게 되었다.

매번 눈을 감을 적마다 똑같은 광경이 떠올랐다.

여자들처럼 잿빛 머리를 치장한 엄청나게 커다란 머리통을 가진 숫양 눈알을 도려낸 죽은 병사들, 이 병사들은 혁대로 발을 붙들어맨 나뭇가지 둘레를 무기를 메고서 몸을 뻣뻣이 한 채 느릿느릿 돌다가는 차츰차츰 빨리 맴돌았다. 폴의 심장 박동소리는 침대의 용수철에 전달되어 일종의 의식을 자아냈다. 두 팔은 어느 새 나뭇가지가 되어버렸다. 가지의 껍질은 굵직한 혈관으로 뒤덮여 있고, 병사들은 그 둘레를 빙빙 돌면서 같은 광경이 되풀이되었다.

가사(假死)상태의 쇠진은 제라르가 그를 몽마르트 거리로 바래다 주었던 때의 그 눈과 자동차, 그리고 그 '놀이'를 되살렸다. 아가트는 울먹였다.

"폴! 폴! 나 좀 봐, 말을 해봐……."

씁쓸한 맛이 그의 입을 뒤덮었다.

"물……."

하고 그가 소리를 냈다.

입술이 엉겨붙어 딱딱 하는 소리만 났다.

"조금만 기다려……엘리자베스가 빨병을 가져올 거야. 탕파를 데우고 있어."

그는 또 소리를 내기 시작하였다.

"물……."

물을 먹고 싶어했다. 아가트는 그의 입술을 축여주었다. 그녀는 폴에게 말을 하라고, 이런 바보짓과 이 편지에 대하여 어떻게 된 영문인지 설명해 달라고 애원하면서 핸드백에서 편지를 꺼내 보였다.

"네 탓이야, 아가트……."

"내 탓?"

그러자 폴은 음절을 똑똑 떼어 발음하면서 소곤거리듯 말하고, 모든 진상을 풀어헤쳐 자기의 마음을 알렸다. 아가트는 이야기를 가로막고 부르짖으며 자기의 사정을 밝히려 들었다. 활짝 열려버린 함정은 복잡 교묘하게 구부러진 그 장치를 드러내고 말았다. 임종을 앞둔 청년과 젊은 여인은 함정을 매만지며 뒤집어엎고 저주스러운 메카니즘의 톱니바퀴를 하나하나 떼어놓았다. 엘리자베스라는 범인이 그들의 대화에서 떠올랐다. 그들을 찾아다닌 그 밤의 엘리자베스, 악독하고 끈덕진 그 엘리자베스.

그들은 그녀가 해놓은 일을 알게 된 참이었다. 아가트가 부르짖었다.

"인제 살아야 해!"

폴이 신음하였다.

"너무 늦었어!"

그때 엘리자베스가, 그들을 단둘이 오랫동안 있게 해둔 불안에 뒤몰려 탕파와 빨병을 갖고 들어왔다.

이상야릇한 침묵이 시커먼 향기와 자리를 바꿨다. 엘리자베스는 등을 돌린 채 진상이 폭로된 것을 눈치도 못 채고서 상자와 병들을 뒤적거려 유리컵을 찾아내서는 커피를 가득 따랐다. 그녀는 얼간이들에게 다가왔다. 그들의 시선이 그녀에게로 모아졌다. 광포한 의지력이 포로의 상반신을 일으켰다. 아가트가 그를 부축하였다. 한데 이어진 그들의 얼굴은 증오로 타올랐다.

"폴, 마시지 마!"

아가트의 이 부르짖음은 엘리자베스의 동작을 멈추게 하였다.

"미쳤니, 너?"

하고 엘리자베스가 외쳤다.

"내가 애를 독살이라도 하는 것 같구나."

"너 같으면 그런 짓도 할 수 있을 거야!"

죽음에 또 하나의 죽음이 겹쳤다. 엘리자베스가 비틀거렸다.

그녀가 대꾸하려 하였다.

"악마! 치사한 악마!"

폴이 내뱉은 무서운 이 말은, 말할 기력이 있으리라고는 조금도 생각지 않았던 엘리자베스를 한층 더 무서운 힘으로 짓눌러대고, 단둘이 남겨둔 것을 그녀가 불안해 했던 것은 당연한 것이었음을 증명하였다.

"치사한 악마! 치사한 악마!"

폴은 계속하여 외쳤다. 목구멍이 콱콱 막혀오는데도 계속하여 소리를 내면서, 새파란 눈초리로 끊임없이 파란 불길을 내쏘며 엘리자베스를 노려보았다. 몸의 경련과 이그러진 얼굴 표정은 폴의 고운 입을 비틀어 놓았고, 눈물샘마저 말려버린 온몸의 고갈은 그의 시선에 열병 같은 광채와 이리의 인광(燐光)을 번뜩이게 하였다.

눈은 유리창문을 매질하고 있었다. 엘리자베스가 뒷걸음질쳤다.

"그래, 그랬어."

하고 그녀가 말문을 열었다.

"그건 정말이야. 난 질투가 났어. 널 잃고 싶지 않았어. 난 아가트가 정말 싫어. 애가 널 집에서 빼앗아 가는 걸 그대로 보고 있을 수는 없었어."

고백은 그녀를 위대하게 하고, 그녀의 온몸에 아름다운 상복을 입혀 주고, 계교의 의상을 벗겨버렸다. 법석판에 뒤로 넘겨진 머리다발은 표독스러운 좁은 이마를 말끔히 드러나게 했다. 그 이마는 눈물맺힌 두 눈 위에서 널따랗게 기하학적으로 보였다. 다만 혼자서 '방'과 손을 잡고 모두에게 맞서는 엘리자베스는 아가트에게 도전하고 제라르에게 도전하고 폴에게 도전하고 전세계에 도전하였다.

그녀는 옷장 위에 있던 권총을 움켜쥐었다. 아가트가 비명을 질렀다.

"쏘려고 해요! 날 죽이려고!"

그러고는 헛소리를 하고 있는 폴에게 매달렸다.

엘리자베스는 이 멋쟁이 여인을 쏘려는 생각은 털끝만큼도 없었다. 그녀는 막다른 구석으로 몰린 여간첩이 목숨을 값비싸게 내주려고 결심하였을 때와 같은 그 본능적인 동작으로 권총을 움켜쥐었을 따름이었다.

그러나 신경질적인 발작과 임종의 고통을 자기 눈앞에서 바라보고는, 그녀의 도전적인 태도는 힘을 잃었다. 그녀의 위대함도 아무런 쓸모가 없었다.

그러자 질겁해 있는 아가트의 눈에 느닷없이 이런 광경이 들어왔다…….

정신분열 증세를 일으킨 미치광이 여인이 얼굴을 찡그리면서, 머리칼을 쥐어뜯고, 광기어린 눈으로 허공을 보면서, 혓바닥을 삐쭉 내밀며 거울 앞으로 다가서는 것이었다. 그것은 정신의 긴장과 일치하지 않는 이런 정지 상태를 더 이상 견딜 수 없게 된 엘리자베스가 기괴한 무언극으로 자기의 광기를 연기하는 광경이었다. 그것은 지나치게 우스꽝스러운 짓으로 인생을 불가능하게 만들려고 애쓰는 광경이었고, 목숨 있는 것들의 한계에서 물러서려는 광경이었다. 그리고 드라마가 그녀 자신을 추방해 버리고, 그녀 자신을 더 이상 지탱해 주지 않는 그런 순간에 도달하려고 하는 광경이었다.

"미쳐버렸어요! 사람 살려!"

아가트가 여전히 비명을 질렀다.

미쳤다는 말은 엘리자베스를 거울에서 돌아서게 하고 발작의 정점을 억눌러버렸다. 그녀는 정신을 가다듬었다. 와들와들 떨리는 두 손으로 무기와 허공을 죄었다. 얼굴을 숙인 채 우두커니 섰다.

그녀는 '방'이 종말을 향하여 가파른 비탈길을 미끄러져 내려가고 있다는 것을 알았다. 그러나 종말은 시간을 끌었고, 그녀는 종말까지 살아보지 않으면 안 되었다. 정신적 긴장은 여전히 늦추어지지 않았으나, 그녀는 수를 헤고 셈을 하고 곱셈 나눗셈을 하고 날짜와 건물 번지 등을 생각하여 보고, 모조리 한데 덧셈해 보고 틀리면 다시 시작하였다. 불현듯 그녀는 꿈에 본 등성이가 《폴과 비르지니》(18세기 낭만주의 작가 베르나르댕 드 생피에르의 소설)에서 나왔던 등성이라는 것이

생각났다. 그 책에서 '등성이'라는 말은 언덕을 뜻하는
것이었다. 그녀는 그 소설의 무대가 일 드 프랑스가 아
니었나 생각해 보았다. '일(섬)'의 이름들이 숫자와 엇
바뀌었다. 일 드 프랑스, 일 모리스, 일 생루이. 그녀는
의미없는 말과 헛소리를 하면서도 암송하고 헛갈리고
뒤범벅하곤 하였다.

그녀의 침착은 폴을 놀라게 하였다. 그는 눈을 번쩍
떴다. 엘리자베스는 멀어져 가고 잠겨들어가는 그의 눈
과 마주쳤다. 그의 눈에는 신비로운 호기심이 증오와
자리를 바꿔 잡고 있었다. 엘리자베스는 이 표정에 접
하자 승리를 예감했다. 오누이로서의 본능이 그녀를 치
켜올렸다. 폴의 이 새로운 시선에서 자기 시선을 떼지
않은 채 그녀는 생기 잃은 행동을 계속하였다. 그녀는
셈을 하고 또 셈을 하고 중얼거렸다. 그녀가 공허를 넓
힘에 따라 폴은 차츰 최면 상태에 빠지면서 '놀이'를 다
시 하게 되고 그 살풋한 '방'으로 되돌아갔다.

그녀의 신열은 머리를 맑게 해주었다. 그녀는 비방
(秘方)을 발견하였다. 그녀는 망령들을 지배하였다. 살
베트리에르(파리에 있는 정신병원)의 환자처럼 그 메카
니즘을 의식하지 못한 채 꿀벌들처럼 꾸준히 일하면서
도 여태껏 무언지 모르고 창조해 온 것을, 그녀는 이제

서야 이해하게 되었고 제멋대로 다룰 수 있게 되었다. 그것은 중풍 환자가 무슨 돌발적인 사건의 타격에 부닥쳐 우뚝 일어서게 되는 것과도 같았다.

폴은 그녀를 따라오고 있다. 폴은 오고 있다. 분명한 사실이었다. 이 확신은 불가해한 그녀의 뇌작용의 바탕을 이루고 있었다. 그녀의 그러한 뇌작용은 폴을 매혹하면서 계속, 계속, 계속하였다.

이미 그녀는 확신하고 있었다. 폴은 아가트가 제 목에 매달려 있는 것도 이젠 느끼지 않는 것이다. 아가트의 하소연도 이젠 듣지 않는 것이다. 어찌하여 오누이가 그런 소리를 듣게 되었더란 말인가? 아가트의 울부짖음은 오누이가 죽음의 노래를 작곡하는 음계의 훨씬 밑에서 울리고 있다. 그들은 올라간다. 나란히 올라간다. 엘리자베스가 약탈한 포로를 끌고 간다. 그리스 배우들의 높은 나막신을 신고서, 그들은 아트리드의 지옥을 떠나간다. 이미 신의 심판의 예지로써는 충분치 않다. 그들은 그들 자신의 정령을 의지할 수밖에 없는 것이다. 이제 몇 초 동안의 용기만 있으면 육체가 용해하며 영혼이 결합하여 근친상간이 존재하지 않는 그런 곳에 다다르리라.

아가트는 다른 장소, 다른 시대에서 울부짖고 있었

다. 엘리자베스와 폴은 유리창을 뒤흔들고 있는 어떤 진동만큼도 그녀의 존재를 아랑곳하지 않았다. 강렬한 전등 불빛이 저녁 황혼과 자리를 바꾸어 잡았다. 붉은 무명천의 진홍빛을 받아 엘리자베스 쪽은 진공 지대를 이루었고, 환한 불빛을 받고 있는 폴은 어둠 쪽으로 끌려갔다.

빈사의 병자 폴은 점점더 쇠약해 가고 있었다. 그는 엘리자베스가 있는 쪽으로, 눈과 '놀이'와 그들이 어린 시절에 같이 살던 방쪽으로 온몸을 뻗쳤다. 성모의 실오라기 하나가 그를 목숨에다 잇고, 돌같이 되어버린 그의 육체에다 뿔뿔이 흩어진 사고(思考)를 맺어주었다.

폴은 자기 이름을 부르고 있는 키큰 누이도 분간할 수가 없었다. 엘리자베스는, 마치 애인이 상대방의 쾌락을 기다리느라고 자기의 쾌락을 늦추고 있는 것처럼 방아쇠에 손가락을 갖다댄 채 동생의 죽음의 경련을 기다렸다. 그녀는 다시 만나자고 부르짖으면서, 폴의 이름을 부르면서, 죽음의 세계에서 자유스러운 몸이 되는 그 감미로운 순간을 기다리고 있었다.

기진한 폴은 고개를 떨구었다. 엘리자베스는 이제 끝이다, 생각하고 관자놀이에 총구를 갖다대어 방아쇠를 당겼다. 그녀가 쓰러지는 것과 동시에 넘어진 병풍 한

짝이 무서운 폭음을 내면서 그녀 몸에 깔렸다. 그러자 눈 쌓인 유리창의 파르스름한 미광(微光)이 드러나고, 울타리 안에서는 폭격 맞은 도시 내부의 상처가 온통 드러나고, 비밀의 이 방은 관객들에게 열린 무대가 되어버렸다.

폴은 유리창 밖의 관객들의 모습을 알아보았다.

공포에 질려 다 죽은 듯한 아가트가 말문이 막혀 엘리자베스의 주검에서 흘러나오는 피를 우두커니 바라보고 있는 동안, 폴은 창문 밖의 얼음꽃과 녹아버린 얼음 이랑 사이에서 눈싸움에 빨개진 코와 뺨과 손들이 이리 밀리고 저리 밀리는 광경을 또렷이 보고 있었다. 얼굴도 망토도 양털 목도리도 모두 낯익은 것들이었다. 그는 다르즐로를 찾아보았다. 그런데 다르즐로만은 보이지 않았다. 보이는 것은 그의 몸짓, 큼직한 몸짓뿐이었다.

"폴! 폴! 사람 살려!"

아가트가 떨면서 몸을 움츠렸다.

그러나 그녀는 무엇을 바라는가? 어떻게 할 셈이라는 말인가? 폴의 눈빛은 꺼져버렸다. 실오라기는 끊어진 것이다. 그가 날아가버린 방에 남아 있는 것은 다만 악취와 은신처에 있는 한 조그만 여인뿐이었다. 그 여인도 점점 줄어들고 멀어지고, 마침내 사라져버렸다.

생 클루에서 1929년 3월

옮긴이 약력

서울대학교 문리과대학 불문과 졸업
파리 소르본 대학에서 2년간 유학
서울대학교 문리과대학 불문과 교수 역임

역   서
카 뮈 ≪시지프스의 신화≫
지드 ≪법왕청의 지하도≫·≪좁은 문≫
다 비 ≪북호텔≫
모파상 ≪어머니의 비밀≫

무서운 아이들 〈서문문고 124〉

초판 발행 / 1974년 7월 5일
개정판 발행 / 2000년 10월 20일
개정판 2쇄 / 2003년 9월 10일
글쓴이 / 장 곡 토
옮긴이 / 오 현 우
펴낸이 / 최 석 로
펴낸곳 / 서 문 당
주 소 / 서울시 마포구 성산동 54-18호 동산빌딩 2층
전 화 / 322—4916~8 팩스 / 322-9154
등록일자 / 2001. 1. 10
등록번호 / 제10-2093
창업일자 / 1968. 12. 24

※ 잘못된 책은 바꾸어 드립니다

서문문고 목록

001~303
◆ 번호 1의 단위는 국학
◆ 번호 홀수는 명저
◆ 번호 짝수는 문학

226 이상 단편집 / 김해경
227 심략신강 / 강무학 역주
228 굿바이 미스터 칩스 (외) / 힐튼
229 도연명 시전집 (상) /우현민 역주
230 도연명 시전집 (하) /우현민 역주
231 한국 현대 문학사 (상) / 전규태
232 한국 현대 문학사 (하) / 전규태
233 말테의 수기 / R.H. 릴케
234 박경리 단편선 / 박경리
235 대학과 학문 / 최호진
236 김유정 단편선 / 김유정
237 고려 인물 열전 / 이민수 역주
238 에밀리 디킨슨 시선 / 디킨슨
239 역사와 문명 / 스트로스
240 인형의 집 / 입센
241 한국 골동 입문 / 유병서
242 토마스 울프 단편선/ 토마스 울프
243 철학자들과의 대화 / 김준섭
244 파리시절의 릴케 / 버틀러
245 변증법이란 무엇인가 / 하이스
246 한용운 시전집 / 한용운
247 중론송 / 나아가르쥬나
248 알퐁스도데 단편선 / 알퐁스 도데
249 엘리트와 사회 / 보트모어
250 O. 헨리 단편선 / O. 헨리
251 한국 고전문학사 / 전규태
252 정을병 단편집 / 정을병
253 악의 꽃들 / 보들레르
254 포우 걸작 단편선 / 포우
255 양명학이란 무엇인가 / 이민수
256 이육사 시문집 / 이원록
257 고시 십구수 연구 / 이계주
258 안도라 / 막스프리시
259 병자남한일기 / 나만갑
260 행복을 찾아서 / 파울 하이제
261 한국의 효사상 / 김익수
262 갈매기 조나단 / 리처드 바크
263 세계의 사진사 / 버먼트 뉴홀
264 환영(幻影) / 리처드 바크
265 농업 문화의 기원 / C. 사우어

266 젊은 처녀들 / 몽테를랑
267 국가론 / 스피노자
268 임진록 / 김기동 편
269 근사록 (상) / 주희
270 근사록 (하) / 주희
271 (속)한국근대문학사상/ 김윤식
272 로렌스 단편선 / 로렌스
273 노천명 수필집 / 노천명
274 콜롱바 / 메리메
275 한국의 연정담 /박용구 편저
276 삼현학 / 황산덕
277 한국 명창 열전 / 박경수
278 메리메 단편집 / 메리메
279 예언자 /칼릴 지브란
280 충무공 일화 / 성동호
281 한국 사회풍속야사 / 임종국
282 행복한 죽음 / A. 까뮈
283 소학 신강 (내편) / 김종권
284 소학 신강 (외편) / 김종권
285 홍루몽 (1) / 우현민 역
286 홍루몽 (2) / 우현민 역
287 홍루몽 (3) / 우현민 역
288 홍루몽 (4) / 우현민 역
289 홍루몽 (5) / 우현민 역
290 홍루몽 (6) / 우현민 역
291 현대 한국시의 이해 / 김해성
292 이효석 단편집 / 이효석
293 현진건 단편집 / 현진건
294 채만식 단편집 / 채만식
295 삼국사기 (1) / 김종권 역
296 삼국사기 (2) / 김종권 역
297 삼국사기 (3) / 김종권 역
298 삼국사기 (4) / 김종권 역
299 삼국사기 (5) / 김종권 역
300 삼국사기 (6) / 김종권 역
301 민화란 무엇인가 / 임두빈 저
302 무정 / 이광수
303 야스퍼스의 철학 사상
    / C.F. 월레프
311 한국풍속화집 / 이서지